U0710368

诗词声律启蒙

王　力○著

中华书局

图书在版编目 (CIP) 数据

诗词声律启蒙/王力著. —北京:中华书局,2021.2 (2024.12 重印)
ISBN 978-7-101-14736-0

Ⅰ.诗… Ⅱ.王… Ⅲ.诗词格律–基本知识–中国
Ⅳ.I207.21

中国版本图书馆 CIP 数据核字 (2020) 第 170342 号

书　　名	诗词声律启蒙	
著　　者	王　力	
责任编辑	李若彬	
封面设计	刘　丽	
责任印制	韩馨雨	
出版发行	中华书局	
	（北京市丰台区太平桥西里 38 号　100073）	
	http://www.zhbc.com.cn	
	E-mail:zhbc@zhbc.com.cn	
印　　刷	北京新华印刷有限公司	
版　　次	2021 年 2 月第 1 版	
	2024 年12月第 3 次印刷	
规　　格	开本/880×1230 毫米　1/32	
	印张 10½　插页 2　字数 180 千字	
印　　数	10001－12000 册	
国际书号	ISBN 978-7-101-14736-0	
定　　价	42.00 元	

目　录

第一章　诗歌的起源及其流变

第一节 诗歌起源

诗歌起源之早，是出于一般人想象之外的。有些人以为先有散文，后有韵文。这是最靠不住的说法，因为人类发明了文字之后，已经开化到了相当的程度，当然有了散文同时也就有了韵文；韵文以韵语为基础，而韵语之产生远在文字产生之前，这是毫无疑义的。比较地值得考虑的问题是：到底人类自从有了语言就有了诗歌呢，抑或诗歌的产生远在语言的发明之后呢？关于这个问题，我们倾向于相信前一说。若不是诗歌和语言同时产生，至少也不会迟到一个世纪以后。因为诗的情绪是天籁，而韵语也是天籁。试看现代最不开化的民族，连文字也没有的，也有他们的诗歌。相传尧帝的时候有一首《康衢歌》[①]：

> 立我蒸民，莫匪尔极；
> 不识不知，顺帝之则。

又有一首《击壤歌》(《帝王世纪》)：

> 日出而作，日入而息；
> 凿井而饮，耕田而食。
> 帝力何有于我哉？

---

① 《列子·仲尼》篇。

我们当然不相信这两首诗是尧时的民歌。前者是凑合（《诗经》的）《周颂·思文》的两句和《大雅·皇矣》的两句而成的，且不要管它。后者的风格似乎也在战国以后；不过，它也不会太晚，因为它用的韵是之部字，以"息""食""哉"为韵，这种古韵决不是汉以后的人所能伪造的。依我们的猜想，它也许是战国极乱的时代，仰慕唐、虞盛世的人所假托的。同样假托的诗还有一首《南风歌》[①]，相传为帝舜所作：

> 南风之熏兮，
> 可以解吾民之愠兮；
> 南风之时兮，
> 可以阜吾民之财兮。

我们不必因为它的出典不古，就怀疑到它的本身不古；这种诗歌很可能是口口相传下来的。试看它以"时""财"为韵，这种古韵也决不是汉以后的人所能伪造的（伪造古韵最难，因为直至明末陈第以前，并没有人意识到古今音韵的不同）。总之，尧、舜时代虽不能有这种风格的诗，却一定已经有诗歌的存在，假使这尧、舜时代本身存在的话。

至于韵语，它在上古时代的发达，更是后来所不及的。这里所谓韵语，除了诗歌之外，还包括着格言、俗谚及一切有韵的文章。比如后代的汤头歌诀和六言告示，它们是韵语，却不是诗

----

① 《圣证论》引《尸子》及《家语》。

歌。古人著理论的书,有全部用韵语的,例如《老子》《文子》《吕氏春秋》《淮南子》《法言》等。文告和卜易铭刻等,也掺杂着韵语,例如《尚书》《易经》和周代的金石文字。许多"嘉言",是借着有韵而流传的。例如《孟子·滕文公上》所引放勋(尧)的话:

> 劳之,来之,
> 匡之,直之,
> 辅之,翼之,
> 使自得之:
> 又从而振德之。

"来""直""翼""得""德"是押韵的。至于格言俗谚之类,就更以有韵为常了。例如:

> 畏首畏尾,
> 身其余几![1]

> 虽有智慧,
> 不如乘势;
> 虽有镃基,
> 不如待时。[2]

---

[1]《左传·文公十七年》。
[2]《孟子·公孙丑》。

兵法如《三略》《六韬》，医书如《灵枢》《素问》，都有大部分韵语。这些书虽不是先秦的书，至少是模仿先秦的风格而作的，于此可见韵语在上古是怎样的占优势了。

第二节　诗歌及其他韵文的用韵标准

诗歌及其他韵文的用韵标准，大约可分为三个时期，如下：

唐以前为第一期。在此时期中，完全依照口语而押韵。

唐以后，至民国初年为第二期。在此时期中，除了词曲及俗文学之外，韵文的押韵，必须依照韵书，不能专以口语为标准。

民国初年以后（新文学运动以后）为第三期。在此时期中，除了旧体诗之外，又回到第一期的风气，完全以口语为标准。

现在先说第一期。

所谓完全依照口语而押韵，自然是以当时的口语为标准。古今语音的不同，是清代以后的音韵学家所公认的。所以咱们读上古的诗歌的时候，必须先假定每字的古音是什么，然后念起来才觉得韵脚的谐和。例如《诗·秦风》：

蒹葭采采，白露未已；
所谓伊人，在水之涘。
溯洄从之，道阻且右；
溯游从之，宛在水中沚。

咱们假定"采"字念 tsəɡ，"巳"字念 diəɡ，"涘"字念 dziəɡ，"右"字念 ɡiuəɡ 或 ɡiuəɡ，"沚"字念 tiəɡ，然后这首诗才念得和谐。当然，你也可以假定这五个字的古音是 tsai、diai、ziai、ɡiai、tiai，或别的拟音，这在音理上也许差些，但在读诗的原则上是对的。

汉代用韵较宽。这有两个可能的理由：第一是押韵只求近似，并不求其十分谐和；第二是偶然模仿古韵，以致古代可押的也押，当代口语可押的也押，韵自然宽了[①]。到了六朝，用韵又渐渐趋向于严。这是时代的风气，和实际口语韵部的多少是没有关系的。

现在说到第二期。

六朝时代，李登《声类》、吕静《韵集》、夏侯该《韵略》一类的书，虽然想作为押韵的标准，因为是私家的著作，没法子强人以必从。隋陆法言的《切韵》，假使没有唐代的科举来抬举它，也将遭受到《声类》等书同一的命运。后来《切韵》改称《唐韵》，可说是成了官书，作为押韵的标准，尤其是今体诗押韵的标准。《切韵》和《唐韵》都共有 206 个韵，但是，唐朝规定有些韵可以同用，凡同用的两个或三个韵，做诗的人就把它们当作一个韵看待，所以实际上只有 112 个韵。到了宋朝，《唐韵》改称《广韵》，其中文韵和欣韵、吻韵和隐韵、问韵和焮韵、物韵和迄韵，都同用了，实际上只剩了 108 韵。到了元末，索性泯灭了 206 韵的痕迹，把同用的韵都合并起来，又毫无理由地合并了迥韵和拯韵、径韵和证

[①] 模仿古韵的人往往弄成笑话，并不真能伪造古韵，唐代的韩愈模仿古韵之失败，可以为证。

韵,于是只剩 106 个韵。这 106 个韵就是普通所谓诗韵,一直沿用至今。

唐朝初年(所谓初唐),诗人用韵和六朝一样,并没有以韵书为标准。大约从开元、天宝以后,用韵才完全依照了韵书。何以见得呢?比如《唐韵》里的支、脂、之三个韵虽然注明"同用",但是初唐的实际语音显然是脂和之相混,而支韵还有相当的独立性。所以初唐的诗往往是脂、之同用,而支独用(盛唐的杜甫犹然)。又如江韵,在陈、隋时代的实际语音是和阳韵相混了,所以陈、隋的诗人有以江、阳同押的;到了盛唐以后,倒反严格起来,江、阳绝对不能相混,这显然是受了韵书的拘束。其他像元韵和先、仙,山韵和先、仙,在六朝是相通的,开元、天宝以后的今体诗也不许相通了。这一切都表示唐以后的诗歌用韵不复是纯任天籁,而是以韵书为准。虽然有人对于这种拘束起来革命,终于敌不过科举功令的势力。

词曲因为不受科举的拘束,所以用韵另有口语为标准。但是,词是所谓诗余,曲又有人称为词余,本文所讲的诗法,指的是狭义的诗,并不包括词法和曲法,所以只好暂时撇开不谈了。

末了说到第三期。

新诗求解放,当然首先摆脱了韵书的拘束。但是,这上头却引起了方音的问题。从前依据韵书,得了一个武断的标准,倒也罢了。现在用韵既然以口语为标准,而中国方音又如此复杂,到底该以什么地方的话为标准呢?大家都会说应该根据国语,但这是不大容易做得到的事。若说是国语区域的人才配做诗,更是笑语。但是现在既然没有人拿方言做诗,自然用的国语的词汇,那么大家自然倾向于拿国音来读它,这样就不免有些不大谐和的地方。例如真韵和唐韵,依照西南官话和吴语,是可以同用的,若依国语就不大谐和。屋韵和铎韵,歌韵和模韵,依照大部分的吴语是可以通用的,若依国语也不谐和。试看下面的一首歌:

> 咕噜噜,咕噜噜,半夜起来磨豆腐。
>
> 一直磨到大天亮,做成豆腐真辛苦。
>
> 吃豆腐,好处多:价钱很便宜,养料又丰富。

用上海话念起来,"噜""腐""苦""多""富"的语音是 lu、vu、ku、tu、fu,自然是很谐和的;若用国语念起来,"多"字念 tuo,就不谐和了。由此看来,除非写方言的白话诗,否则还应该以一种新诗韵为标准,例如 1941 年教育部所公布的《中华新韵》。这种新诗韵和旧诗韵的性质并不相同:旧诗韵是武断的[1],新诗韵是以现代的北平实际口语为标准的。这样,才不至于弄成四不像的诗歌。

---

[1]最初也许武断性很少,宋明后就大大地违反口语了。

第二章　中国格律诗的传统和现代格律诗的问题

第一节　什么是格律诗

对于什么是格律诗,大家的见解可能有分歧,我这里所谈的格律诗是广义的,自由诗的反面就是格律诗。只要是依照一定的规则写出来的诗,不管是什么诗体,都是格律诗。举例来说,古代的词和散曲可以认为是格律诗,因为既然要按谱填词或作曲,那就是不自由的,也就是格律诗的一种。韵脚应该认为是格律诗最基本的东西,有了韵脚,就构成了格律诗;仅有韵脚而没有其他规则的诗,可以认为是最简单的格律诗。在西洋,有人以为有韵的诗如果不合音步的规则,应该看成是自由诗(例如法国象征派诗人的诗);又有人把那些只合音步规则但是没有韵脚的诗叫做素诗(歌剧常有此体)。我觉得在讨论中国的格律诗的时候,没有这样详细区别的必要。

人们对格律诗容易有一种误解,以为格律诗既然是有规则的、"不自由"的,一定是诗人们主观制定的东西。从这一个推理出发,还可以得出结论说,自由诗是原始的诗体,而格律诗则是后起的、不自然的。但是,诗歌发展的历史和现代各民族诗歌的事实都证明这种见解是错误的。

诗是音乐性的语言。可以说远在文字产生以前,也就产生了诗。劳动人民在休息的时候,吟诗(唱歌)是他们的一种娱乐。节奏是诗的要素,最原始的诗就是具有节奏的。当然,由于时代的不同和民族的不同,诗的节奏是多种多样的。但是,只要是节奏,就有一种回环的美,即旋律的美,诗的艺术形式,首先表现在这种旋律的美上。相传帝尧的时代有老人击壤而歌,击壤也就是在耕地上打拍子。《书经》说:"诗言志,歌永言,声依永,律和声。"大意是说诗是歌唱的,而这种歌唱又是配合着音乐的,乐谱里的声音高低是要依照着歌词的原音的高低的。既然是依词定谱,这就要求原诗有整齐匀称的节奏。当然,我们要详细知道几千年以前的诗的节奏是困难的,但是上古的诗从开始就有了相当整齐的节奏,那是无可怀疑的。

韵脚是诗的另一要素。可以这样说:从汉代到"五四"运动以前,中国的诗没有无韵的。《诗经》的《国风》《小雅》《大雅》也都有韵,只有《周颂》里面有几章不用韵,也可以认为是上古的自由诗吧。正是由于上古自由诗是那样的少,战国时代到"五四"时代又没有自由诗,可见格律诗是中国诗的传统。

韵不一定用在句子的最后一个字上。《诗经》中的"江之广矣,不可泳思;江之永矣,不可方思",这四句诗的韵是用在倒数第二个字上的。《诗经》里这样的例子很不少。《楚辞》也有相似的情况。到了后代,在词里也偶然还有这种押韵法。

中古以后,平仄和四声的规则,成为中国诗的格律的重要构成部分。平仄和四声也不是诗人们制造出来的,而是人民的语言里本来存在着的。古人说沈约"发明"四声,那是和事实不符的。沈约、周颙等人意识到当时的汉语存在着四种声调,沈约并且写了一部《四声谱》。但是,平仄的格律也并不是沈约一个人所能规定的。直到唐代有了律诗,才有了严格的平仄规则。沈约自己的诗里面并没有按照律诗的平仄。从第五世纪到第八世纪，经过三百年的诗人们的长期摸索，才积累了足够的经验，形成了完备的律诗。从第五世纪中叶到第七世纪初期，大约一百五十年中间，是从古诗到律诗的过渡时期。这个时期的诗叫做"齐梁体"。齐梁体已经具备了律诗的雏形，但是句子的数目还不一定，平仄也还没有十分固定，特别是上下句的平仄关系（专门术语叫做"对"和"黏"）还没有标准。初唐的时候，律诗逐渐形成，但是格律还不太严。景龙年间（八世纪初期），律诗才算成了定式。但是，即使在盛唐时代，各个诗人也还不一致。王维比杜甫早不了许多，但是王维的律诗的格律就比杜甫宽些。这一个历史事实证明了一个最重要的原理：诗的格律是历代诗人们艺术经验的总结。诗律不是任何个人的创造，而是艺术的积累。这样的格律才能使社会乐于接受，这样的格律才能使诗具有真正的形式的美，即声调的美。

依照律诗的平仄而且用平韵的绝句，是律诗产生以后才产生的。在此以前，虽然也有五言四句的诗，但是没有依照律诗的平仄。特别是七言绝句，更显得是律诗以后的产物。因为鲍照以前的七言诗都是句句押韵的，而绝句则是第三句不押韵，像律诗的第三、五句或第七句。关于绝句的历史，诗论家们意见很不一致，有人把它分为古绝、律绝二种。古绝是不依照律诗的平仄的。

律诗以后，平仄的因素在中国诗的格律上占着非常重要的地位。甚至号称"古风"的诗有些也是用绝句凑成的，所谓元和体就是这一种。词用的是长短句,和字数匀称的律诗大不相同了,但是大多数的五字句和七字句都用的是律句(平仄和律诗的句子一样),甚至三字句和四字句也往往用的是七言律句的一半。词学家们认为词的平仄比诗更严,因为诗句可以"一三五不论"(第一、三、五字平仄不拘),而词往往三五不能不论;诗的拗句(例如五言句第三、四字的平仄互换)只是有时用来代替正句的,而词则有些规定用拗句的地方不能用正句。有些词句的平仄是和律句不同的,但也要照填,不能改变。散曲除衬字外,也要和词一样讲究平仄。仄声包括上、去、入三声,在诗句里规定仄声的地方可以任意选用这三声;至于词曲的某些场合就不同了,该用去声的不能用上,该用上声的不能用去。周德清和万树等人都讲过这个道理。这也不能说是"作茧自缚",词曲是为了给人歌唱的,要使每一个字的声调高低和曲谱配得上,平仄就不得不严。

曲的产生,在中国格律诗的历史上算是一次革命。语言是发展的,汉语由唐代到宋代(从七世纪到十三世纪)已经五六百年,语言已经发生了很大的变化,律诗所依据的韵类和平仄已经和口语发生分歧了。举例来说,北方话的"车""遮"和"家""麻"已经不是同韵的字,入声已经转为平、上、去声。部分上声也已经转为去声,这些都在北曲中得到了反映。但是,这种革命只是改变了不适应时代的韵脚和平仄,至于中国诗的格律,则还没有发生大的变化。曲中的杂剧由于构成戏剧的内容,不可能不以口语为依据。诗词仍然在士大夫中间流行,仍然运用着不适应时代的韵脚和平仄。

对仗在中国格律诗中也占着相当重要的地位。律诗规定中间四句用对仗，这是大家都知道的。词也有规定用对仗的地方。例如《西江月》前后阕头两句就必须用对仗。曲虽然比较自由，但是有些地方照例还是非用对仗不可。例如《越调·斗鹌鹑》头四句，就是照例要用对仗的。

"五四"运动带来了中国诗的空前的巨大变革。原来的格律被彻底推翻了，代替它的不是一种新的格律，而是绝对自由的自由诗。这是中国诗的一种进步，是文学史上的一个重要的转折点，因为当时的中国诗不但内容不能反映时代，连形式也是一千多年以前的旧形式。当时作为诗的正宗的仍然是所谓近体诗，即律诗和绝句，以及所谓古体诗，即古风。上文说过，这些诗所押的韵脚是以一千多年以前所定的韵类为依据的，这些韵类已经在很大程度上和口语分歧，就律诗和绝句来说，平仄和四声也和现代语言不相符合。如果说格律词束缚思想的话，这种旧式格律诗给诗人们双重枷锁。它不但本身带着许多清规戒律（如平仄粘对），而且人们还不能以当代的语音为标准，差不多每用一个字都要查字典看它是属于什么声调，每押一个韵脚都要查韵书看它是属于什么韵类。当然对于老练的秀才、举人们并不完全是这种情况，但是对于当时的新青年来说，说旧诗的格律是双重枷锁，一点儿也不夸大。因此，我们无论提倡或不提倡现代格律诗，都应该肯定"五四"时代推翻旧格律的功绩。如果我们现在提倡格律诗，也绝不是回到"五四"以前的老路，不是复古，而是追求新的发展。

第二节　技巧与格律

上面叙述了中国格律诗的传统,目的在于通过历史的事实来看现代诗的发展前途。我们研究历史,是为了向前看,不是为了向后看。我们要看清楚现代诗是经过什么样的道路形成的,同时也就可以根据这个历史发展过程,来推断中国诗将来大概会变成什么样子。如果推断有错误,常常是由于缺乏正确的历史主义观点。我自己还没有足够的马列主义修养,来保证我的历史观点是正确的,因此我所引出的结论就不一定可靠,只是提出来以供参考。

诗歌起源于劳动人民的创造,这是不容怀疑的事实。《诗经》的《国风》不管经过文人怎样的加工,其中总有一部分是以劳动人民的口头创作作为基础的。历代的诗人比较有成就的,都常常从民间文艺中吸取滋养。有些诗歌的体裁,显然在最初是来自民间的。例如招子庸的《粤讴》、郑板桥和徐灵胎的《道情》,都是民间先有了这种东西,然后诗人们来加以提炼和提高。

民歌的起源很古。现在流行的七字句的民歌,可能是起源于所谓竹枝词。据说竹枝词是配合着简单的乐器("吹短笛击鼓"),可以是两句,也可以是四句。后来也有一种经过诗人加工的民歌。刘禹锡、白居易等人都是竹枝词的能手。万树在《词律》中注意到"白乐天、刘梦得等作本七言绝句",但又说"平仄可不拘,若唐人拗体绝句者"。其实民歌何尝是仿照什么拗体？劳动人民自己创作的民歌常常不受格律的束缚,他们往往只要押韵,而不管平仄粘对的规则。这样,民歌就成为以绝句形式为基础的半自由体的诗。我个人认为民歌在格律上并没有特殊的形式,它也是依照中国诗的传统,只不过比较自由,比较地不受格律的约束罢了。

我不同意把民歌体和歌谣体区别开来。民歌既然不受拘束,它有很大的灵活性,既不限定于五七言,也不限定于四句(绝句的形式)。这样,就和歌谣体没有分别了。

总之,我觉得关于现代格律诗要不要以民歌的格律为基础的争论没有什么意义,因为我认为民歌没有特殊的格律。如果说民歌在格律上有什么特点的话,那么这个特点就表现在突破格律,而接近于自由诗。

问题在于是否可以由作家来提倡和创造一种新的格律诗。

我想,提倡当然是可以的,特别是在这个"百花齐放、百家争鸣"的时代。创造呢,那就要看我们怎样了解这个"创造"。如果说"创造"指的是作家自己独创的风格,那当然是可以的。如果说,一位作家创造了某种形式,另一些作家也模仿他的形式,那也是很可能的。但是如果说,一位作家创造出一种格律,成为今后的统治形式或支配形式,那就不大可能。中国格律诗的发展历史告诉我们,作为统治形式或支配形式的律诗和绝句以及后来词曲中的律句,都不是某一位作家创造出来的,而是群众的创造,并且是几百年艺术经验的总结。假使我们希望由一位作家创造出一种形式,而这种形式又能成为群众公认的格律,这恐怕只是一种空想。

外国的情况也是这样。法国占着支配地位的格律诗是所谓亚历山大体(十二音诗)。这种形式来源于十二世纪的一部叙事诗《亚历山大的故事》,这是一位行吟诗人的作品,似乎可以说是他创造了这种诗体。但是我们还不能这样说。这位行吟诗人只用了整齐的每行十二个音节的格式,这只是亚历山大体的雏形,正像齐梁体是律诗的雏形一样。亚历山大体在节奏上的许多讲究,都是后来许多时代的诗人逐渐改进的。在十六世纪以前,亚历山大体并没有被人们普遍应用,也就是说它还没有成为诗人们公认的格律。经过了十六世纪的大诗人杜贝莱(Du Bellay)和雷尼叶(Re'gnier)相继加以补充,然后格律逐渐严密起来,而人们也才普遍应用这种格律。

有些诗人被认为是创造了新的诗体,实际上往往是不受传统格律的约束,争取较大的自由或完全的自由。惠特曼所提倡的自由体,那只是对格律的否定,而不是创造什么新的格律。法国象征派诗人的自由诗没有惠特曼那样自由,他们主要是对传统的格律进行了一定程度的破坏,而代之以一些新的技巧。值得注意的是,他们的诗的艺术(包括他们所提倡的技巧)只能成为一个派别,他们的自由体并没有代替了法国传统的格律而成为统治形式或支配形式。

罗蒙诺索夫被认为是俄国诗律改革者,但是音节—重音的诗体也还不是他一个人发明的,特烈奇雅科夫斯基在他的前面已经开了先河。而特烈奇雅科夫斯基却又是受了民歌的影响。可见一种新格律的形成,不是一蹴而就的。

我觉得有必要把技巧和格律区别开来。诗人可以在语言形式上,特别是在声音配合上运用种种技巧,而不必告诉读者他已经用了这种技巧,更不必作为一种格律来提倡。诗论家们所津津乐道的"摹拟的和谐"的妙用,但是拉辛和雨果自己并没有指出这种技巧,而只是让读者自己去体会它。

上文说过,中国诗自从齐梁体以后,平仄和四声在格律上占着非常重要的地位。有人惊叹地指出,杜审言的五言律诗《早春游望》每一句都是平、上、去、入四声俱全(其中有两句不能四声俱全,只能具备三声,那是由于另一规则的限制)。朱彝尊说过:"老杜律诗单句句脚必上、去、入俱全。"我查过杜甫所有的律诗,虽然不能说每一首都是这样,但是有许多是这样。杜甫的《咏怀古迹》五首,其中有三首是合于这种情况的;《秦州杂诗》二十首,其中有十六首是合于这种情况的。这绝不会是偶然的。但是,这仍旧不算是格律,因为诗人们并没有普遍地依照这种形式来写诗。

当然技巧也有可能变为格律。在齐梁时代,平仄的和谐还只是一种技巧,到了盛唐,这种和谐成为固定的格式,也就变了格律。在律诗初起的时候,格律较宽,也许真像后代所传的口诀那样"一三五不论",但是诗人们实践的结果,觉得平平仄仄平这种五字句的第一字和仄仄平平仄仄平这一种七字句的第三字是不能不论的,否则平声字太少了就损害了和谐①;除非在五言的

---

① 有一个专门术语叫做"犯孤平"。

第一字和七言的第三字用了仄声之后,再在五言的第三字和七言的第五字改用平声以为补救①。还有一种情况:五言的平平平仄仄的第一字和七言的仄仄平平平仄仄的第三字本来是不拘平仄的;但是这种句式有一个很常见的变体,在五言是平平仄平仄,在七言是仄仄平平仄平仄,在这种变体中,五言的第一字和七言的第三字就不能不拘平仄,而是必须用平声。这种地方已经成为一种"不成文法",凡是"熟读唐诗三百首"的诗人们都不会弄错,于是技巧变成了格律,从盛唐到晚清,诗人们都严格遵守它了。

所以我觉得现代的作家在提倡格律诗的时候,不必忙于规定某一种格律,最好是先作为一种技巧,把它应用在自己的作品里。只要这种技巧合于声律的要求,自然会成为风气,经过人民群众的批准而变成为新的格律。也许新的格律诗的形成,并不是直线进行的,而是经过迂回曲折的道路,也就是说,集合了几辈子的诗人的智能,经过了几番修改和补充,然后新的、完美的格律诗才最后形成了。

第三节　关于新格律诗

现在似乎并没有人反对建立现代格律诗。张光年同志赞成何其芳同志这样一个意见(《人民日报》1959 年 1 月 29 日):"诗的内容既然总是饱和着强烈的或者深厚的感情,这就要求着它

---

①有一个专门术语叫做"拗救"。

的形式便利于表现出一种反复回旋、一唱三叹的抒情气氛。有一定格律是有助于造成这种气氛的。"

新的格律诗将来是怎样形成的呢？这就有分歧的意见了。冯至同志说（《文艺报》1950年3月10日）："目前的诗歌有两种不同的诗体在并行发展：自由体和歌谣体……这两种的不同的诗体或许会渐渐接近，互相影响，有产生一种新形式的可能。"何其芳同志说（《文学评论》1959年第1期）："我的意见不大相同。我认为民歌和新诗的完全混合是不大好想象的。如果是吸收新诗的某些长处，但仍然保存着民歌体的特点，仍然是以三个字收尾，那它就还是民歌体。如果连民歌体的特点都消失了，那它就是新诗体。如果是民歌体的句法和调子和新诗体的句法和调子相间杂，这样的诗倒是过去和现在都有的，但那是一种不和谐、不成熟的、杂乱的形式，严格讲来，不成其为一种诗歌的形式。"我不大明白何其芳同志的意思。冯至同志的话是很灵活的，"接近"和"影响"可以有种种不同的方式。何其芳同志所说的那些不和谐、不成熟的、杂乱的形式，似乎只能说目前两种诗体还没有"接近"，不能因此就断定将来也不可能。但是，冯至同志的话也给人一种印象：仿佛现在有两种不同的诗体，将来新形式产生了之后，就不再有民歌体和自由体了。关于这一点，我同意何其芳同志的意见（同上）："民歌体是会在今后相当长的时期内还要存在的；新诗是一定会走向格律化，但不一定都是民歌体的格律，还会有一种新的格律。格律体的新诗以外，自由体的新诗也还会长期存在。"

何其芳同志说(《文学评论》1959 年第 2 期):"要解决新诗的形式和我国古典诗歌脱节的问题,关键就在于建立格律诗。"这句话正确地指出了新格律诗的方向。既然新格律可以解决新诗的形式和我国古典诗歌脱节的问题,似乎也就是使新诗的形式和民歌的形式接近,从而产生新的形式,也就是张光年同志所说的"旧形式、旧格律可以推陈出新成为新形式、新格律"。但是,将来的格律诗不管是什么样的格律,它一定不同于自由体,因为自由体是作为格律诗的对立物而存在的。能不能从此就消灭了自由体呢?我看不可能,也不应该。自由体在形式上没有格律诗的优美(这是就一般情况而说的),但是它的优点是便于抒发感情,没有任何形式的束缚。如果同一作家既写格律诗又写自由诗,正如唐代诗人既写律诗又写古风一样,是没有什么奇怪的。能不能消灭民歌体呢?我看也不可能。上文已经说过,民歌本来就是既采用绝句形式而又不受平仄拘束的半自由体,将来无论采用什么新的格律,民歌总会要求更多的自由,更多地保存中国诗的传统。现代欧洲既有严密的格律诗,也有自由诗和民歌,将来中国诗的情况,我想也会是一样的。

第四节　怎样建立现代格律诗

怎样建立现代格律诗,这是一个非常复杂的问题。我是一个不会写诗的人,我就随便发表一点意见吧。

首先我觉得,诗的格律是有客观标准的。它应该具有民族特点和时代特点。每一条规则都不是哪一位诗人主观想象出来的，而是诗人们根据艺术上的需要建立起来的。例如上文所说的唐诗的平仄规则，似乎很繁琐，但是目的只有一个，就是要求声调的平衡。诗人们遵守这个规则，不是服从哪一位权威，而是公认这是合于艺术要求，使诗句增加形式的美。现在我们如果要建立新格律，这就是一个最重要的原则。

其次，新的格律诗应该具有高度的音乐的美，也就是要求在韵律上和节奏上有高度的和谐。从格律的角度看，诗就是声音的回环。节奏最和谐的散文，也不能和优美的格律诗相比，因为格律诗的节奏和韵律的手段是那么多样化，必然使它从形式上区别于散文。音响的巨大作用构成了格律诗的美学的因素。古今中外的大诗人一般都具有极敏锐的音乐耳朵；反过来说，最丰富的想象如果没有丰富多彩的音响之美伴随着，也不能不认为是美中不足。这又是一个最重要的原则。

这两个原则不是平行的，而是互相包涵的。艺术的客观要求正是要求这个音响之美。大家对于这两个原则，大概不会有不同的意见。但是当诗人们把这两个原则具体化了的时候，分歧的意见就会产生了。我对于格律诗怎样具体化，没有什么成熟的意见，谈不上主张什么，反对什么。我只是愿意提出一些问题，促使诗人们注意并考虑。

要建立现代格律诗，民族特点是必须重视的，我们可以先从韵脚的问题谈起。什么地方押韵，什么地方不押，哪一句跟哪一句押，都和民族的传统有关。例如越南诗的六八体，单句六个字,双句八个字,但是双句第六字和单句第六字押韵。越南著名的叙事诗(韵语小说)《金云翘》就是这样押韵的。在我们看来是那样奇特的格律,在越南诗人看来是那样和谐,这就是民族传统在起着作用。"五四"以后,有些新诗是押韵的,但是它们的押韵方法往往是模仿西洋的。最突出的情况是用抱韵(第一句和第四句押韵,第二句和第三句押韵,十四行诗的头两段就是这样)。中国诗可以说是没有这种押韵的传统(词中有抱韵,那是极其个别的)①。这样勉强移植过来的押韵规则,是不会为人民群众所接受的。其他像随韵(每两句一转韵)和交韵(第一句和第三句押韵,第二句和第四句押韵),虽然和我们的民族形式比较地接近,也还不见得完全合适。《诗经》里有随韵也有交韵,但是离开现在已经二千多年了。现在如果两句一转韵,中国人会觉得转得太快了,不够韵味,至于单句和单句押一个韵,双句和双句押另一个韵(交韵),在中国人看来也不自然。依照中国诗的传统,一般总是双句押韵,单句不押韵(第一句可押可不押),而且往往是一韵到底,如果要换韵也是《长恨歌》式的,以四句一换韵为主,而掺杂着其他方式,如两句一换韵、六句一换韵、八句一换韵等。

这并不是说新格律就只应该依照上述的押韵方式,而不可以有所改变。譬如说,句句押韵,这也是中国诗的传统。齐梁以前的七言诗,是句句押韵的(所谓柏梁体,其实在齐梁以前,七言

———————

① 孔广森《诗声分例》有首尾韵例,也就是抱韵。但是他所举的《诗经》两个例子都是靠不住的,至少是不够典型的。第一个例子是《小雅·车攻》叶"伙调同柴","调"与"同"叶是可疑的;第二个例子是《大雅·抑》叶"政酒绍刑",江有诰以为"政"字非韵,而"王"与"刑"通韵。

只有此体)。曹丕、曹植、曹叡的七言诗都是这样,曹植甚至有两首六言诗《妾薄命行》也是句句押韵的。宋词和元曲,句句押韵的也很不少。如果我们同意突破五七言的旧形式,广泛地运用十一字句或十二字句(下文还要谈到),那么句句押韵更是适合艺术的要求,因为每句的音节多了,隔句押韵就显得韵太疏了。隔句押韵的五言诗,如果不从意义观点看,单从格律观点看,应该算是十言。隔句押韵的七言诗也应该算是十四言诗。现在如果我们运用十个字以上造成诗句,不是应该句句押韵吗?这样才是更合理地继承了中国诗的传统,如果字数增加了一倍,而押韵的情况不变,那么传统的继承只是表面的。

韵脚是格律诗的第一要素,没有韵脚不能算是格律诗。

格律诗的第二要素是节奏。节奏的问题比韵脚的问题还要复杂得多。平常我们对于节奏往往只有一个模糊的概念。假定诗句中每两个字一顿,既然每顿的字数均匀,就被认为有了节奏。有时候,每顿的字数并不均匀,有三字一顿的,有两字一顿的,但是每行的顿数相等,也被认为有节奏。有时候,不但每顿的字数不相等,连每行的字数也不相等,只要有了一些顿,也被认为有节奏。其实顿只表示语音的停顿,它本身不表示节奏,顿的均匀只表示形式的整齐,也不表示节奏。

节奏,从格律诗来说,这是可以较量的语言单位在一定时隙中的有规律的重复。这是最抽象的定义。由于各种语言都有语音体系上的特点,所以诗的节奏在不同的语言中各有它的不同的具体内容。音步就是节奏在各种语言中的具体表现,因此各种语言的诗律学中所谓音步,也就具有不同的涵义。在希腊和拉丁的诗律学里,长短音相间构成音步。因为这两种语言的每一个元音,都分为长短两类。在德语和英语的诗律学里,轻重音相间构成音步。因为这两种语言的音节,都有重音和非重音的分别。在法语里,音步的定义和前面所述的两种音步大不相同,音步指的是诗行的一个音节,因为法语既不像希腊、拉丁那样有长短元音的配对,又不像德语和英语那样具有鲜明突出的重音。俄语的诗律学在十七世纪到十八世纪初期用的是音节体系,也就是法国式;后来特烈奇雅科夫斯基和罗蒙诺索夫等诗人发现法国式的格律并不完全适合俄语的语音特点,法国的重音固定在一个词的最后音节,俄语的重音没有固定的位置,因此改为音节—重音体系。这个体系不但使每一诗行的音节相等,同时也使每行重音的数目相等、位置相当。这一切都说明了上文所强调的一个原理:诗的格律不是诗人任意创造出来的,而是根据语言的语音体系的特点,加以规范。

语音有四大要素:(1)音色;(2)音长;(3)音强;(4)音高。除音色和节奏无关以外,其他三要素都可能和节奏发生关系。而且也只有这三种要素可以构成节奏,其他没有什么可以构成节奏的了。法国诗虽然用的是音节体系,也不能不讲究重音的位置,例如十二音诗中到第六音节必须是一个重音。十七世纪俄国的音节体系也有同样的要求。总之,节奏必须是由长短音相间、强弱音相间或者高低音相间来构成。所谓重音和非重音,可能是强音和弱音,可能是高音和低音,又可能是兼而有之。

就中国诗的传统来说，律绝的格律可能是音节—重音体系，不过和俄语诗律学上的音节—重音体系不同，因为古代汉语的重音和非重音是高低音，而俄语的重音和非重音是强弱音。还有一种可能（我比较地相信这种可能），那就是音节—音长体系。古代平声大约是长音，仄声大约是短音，长短相间构成了中国诗的节奏。但是，中国的律句又不同于希腊、拉丁的诗行：希腊、拉丁是一长一短相间或者一长两短相间，而中国的五言律句则是两短两长相间，后面再带一个短音（仄仄平平仄），或者是中间再插进一个短音（仄仄仄平平），又或者是两长两短相间，中间插进一个长音（平平平仄仄），或者是后面再带一个长音（平平仄仄平）。而且，对句的平仄不是与出句相同的，而是相反的。这是一种很特别的节奏。

现代汉语的声调系统和各调的实际音高虽然和古代不同了，但是仍然有着声调的存在。如果说诗的格律应该反映语言的语音体系的特点的话，声调（平仄四声）正是汉语语音体系的最大特点，似乎现代格律诗不能不有所反映。齐梁时代沈约等人发现汉语这个特点，逐步建立了新的格律诗（中国的比较严密的格律诗，应该认为从盛唐开始），盛唐以后，不但近体诗有了固定的平仄，连古风的平仄也有一定的讲究①。这样从语言特点的基础上建立起来的严密的格律应该认为一种进步，大诗人杜甫等也都运用这种格律来写诗。我们之所以喜欢古典诗歌的声调铿锵，也就是喜欢这种平仄的格律。我们在考虑继承优良的文学遗产的时候，对于这个一千多年来产生巨大影响的平仄格

① 见赵执信《声调谱》。

律,也许还应该同时考虑一下。当然我们不能再用古代的平仄,而应该用现代的平仄。人们对平仄之所以存着神秘观念,主要是由于律诗所用的平仄和现代汉语里的声调系统不符。如果拿现代的平仄作为标准,人人都可以很快地学会。特别是汉语拼音方案在全国推行以后,将来小学生也能懂得现代汉语的声调系统,平仄的概念再也不是神秘的东西了。问题还不在于学习的难易,而在于合理不合理;新的格律必须以现代活生生的口语作为根据,而不能再以死去了的语言作为根据。

假定声调的交替被考虑作为新格律诗的节奏的话(我只能假定,因为在诗人们没有试验以前,不能说任何肯定的话),那就要考虑现代汉语各个声调的实际调值,因为节奏中所谓高低相间或长短相间(汉语的声调主要是高低关系,但也有长短关系),必须以口语为标准。以现代汉语而论,我们能不能仍然把声调分为平仄两类,即以平声和非平声对立起来呢?能不能另分两类,例如阳平和上声作一类,阴平和去声作一类呢?能不能四声各自独立成类,互相作和谐的配合呢?这都需要进行深入细致的科学研究工作,然后可以得出一个结论。最后一个问题(四声互相配合问题)实际上是一个旋律问题,已经超出了节奏问题之外,但仍然是值得研究的。

我有一个很不成熟的意见。我以为仍然可以把声调分为平仄两类,阴平和阳平算是平声,上声和去声算是仄声(入声在普通话里已经转到别的声调去了)。从普通话的实际调值来看,阴平和阳平都是高调和长调,上声和去声都是低调和短调(去声可长可短,短的时候较多,上声全调虽颇长,但多数只念半调)。这样可以做到高低相间,长短相间。所谓长短相间,不一定是平平仄仄,仄仄平平,也可以考虑两字一节奏,三字一节奏。形式可以多样化,但是要求平衡、和谐。因为我的意见太不成熟,所以不打算多谈了。

除了声调作为节奏以外,还可以想象强弱相间作为节奏,类似俄语诗律学里所谓音节—重音体系。普通话里有所谓轻音,容易令人向这一方面着想。诗人们似乎不妨做一些尝试。但是我们对这一方面的困难要有足够的估计。现代汉语里只有轻音是分明的,并无所谓重音,许多复音词既不带轻音(如"帝国主义""无产阶级""共产党""拖拉机"),也就很难构成强弱相间的节奏。

这并不是说,我们可以不考虑轻重音的问题。相反地,也许轻重音的节奏比高低音的节奏更有前途,因为轻重音在现代汉语的口语里本来就具有抑扬顿挫的美,在诗歌中,轻重音如果配合得平衡、和谐,必然会形成优美的韵律。刚才我说汉语里无所谓重音,但是在朗诵诗歌的时候,尽可以结合逻辑的要求,对某些字音加以强调,使它成为重音。不过我仍然认为汉语的轻音与非轻音的区别,和俄语的重音与非重音的区别很不相同。我们恐怕不能要求每一顿都有轻重音相间。我们所应该参考的是:尽可能使各个诗行的位置相对应,至少不要让轻音和非轻音相对应(特别是在半行的语音停顿上),这样也就能形成音节的和谐。

是不是可以建议诗人们把这两种节奏——高低音的节奏和轻重音的节奏——都考虑一下,分头做一些尝试?将来哪一种好,就采用哪一种。如果实践的结果两种都好,自然可以并存。也许两种节奏可以结合起来,而不一定是互相排斥的。

方言问题增加了现代格律诗问题的复杂性。诗是给全国人民朗诵的。但是由于全国各地的汉语方言很复杂,甲地吟咏起来非常和谐的一首诗,到了乙地,也许在形式上完全不能引起人们的美感,或者令人觉得还有缺点。有些诗的韵脚,诗人用自己的口语念起来非常和谐,另一些诗人念起来并不十分和谐,这就是方言作祟的缘故。声调也有同样的问题。但是最困难的还是轻音问题。关于韵脚和平仄,各地方言虽有分歧,毕竟还有许多共同点。至于作为语音体系的轻音和非轻音的分别,在许多方言里根本没有这种东西,这些方言区域的人不但不会运用轻重律,而且也不会欣赏轻重律。这些困难的解决,有待于普通话的推广。

总之,格律诗离开了声音的配合是不可以想象的。声音的配合是有很具体的内容的,空洞地谈和谐和节奏,是不能建立起来新的格律诗的。谈到声音的配合,问题很多,其中包括语言不统一的问题。因此,我主张由诗人们从各方面做种种的尝试,百花齐放,作为技巧来互相竞赛,而不忙建立新的格律诗。

第五节　时代特点与现代格律诗

要建立现代格律诗,时代特点也是必须重视的。何其芳同志注意到现代汉语里的双音词很多,从而建议在这一个时代特点上考虑一种新的格律,他这个观点是完全正确的。对于何其芳同志的看法，有两种不同的意见：一种意见以为现代的单音词仍然很多，另一种意见以为古代的双音词也很多。多少当然只是相对的说法，古今比较，今多于古就应该算是多。的确，现代单音词还是不少的，特别是存在着大量的单音动词，但是"五四"运动以后，双音词大量增加是事实，这种情况还将继续下去。至于古代，自然不能说没有双音词，但是毕竟比现代少得多。唐弢同志引《文心雕龙·丽辞》篇来证明古代也有许多双音词，那是一种误会。《文心雕龙》所谓"丽辞"，只是指骈偶来说的，也就是指骈体文中双句平行的情况，不是指的双音词。

何其芳同志说（《关于现代格律诗》）："文言中一个字的词最多……现在的口语却是两个字以上的词最多。要用两个字、三个字以至四个字的词来写五七言诗，并且每句收尾又要以一字为一顿，那必然会写起来很别扭，而且一行诗所能表现的内容也极其有限了。"他这一段话有两个意思：第一是现代诗应该突破五七言的字数限制；第二是现代诗应该改为基本上以两字顿收尾（这是参看他的下文得出来的）。何其芳同志似乎比较着重在说明第二个意思，我在这里想补充他的第一个意思。

一个很简单的算术。假定一个词代表一个概念（当然复杂概念不只是一个词，而虚词又不表示一般的概念），那么古代七个字能代表七个概念，现代七个字只能代表四个概念（假定其中有一个单音词）；古代五个字能代表五个概念，现代五个字就只能代表三个概念。何其芳同志所谓"一行诗所能表现的内容也极其有限了"，我想就是指的这个意思。中国古代的词就有八字句、九字句、十字句和十一字句。诗中的古风也有超过七字的句子，现在我们突破五七言，也不算违反了中国诗的传统。不过也要注意一件事实：在古代诗词中，奇数音节的句子是占优势的。律诗中只有五七言，这是大家所知道的（偶然有所谓六言律，只是聊备一格）。词中所谓八字句往往只是上三下五（更那堪——冷落清秋节）或上一下七（况——兰堂逢着寿筵开），而十字句则是非常少见的。根据现代双音词大量产生的特点，这种情况会大大改变。将来占优势的诗句，可能不再是奇数音节句，而是偶数音节句，即八字句、十字句和十二字句，至少可以说，偶数音节句和奇数音节句可以并驾齐驱。

何其芳同志注意到三字尾，是五七言诗句的特点，这也是事实。本来，最常见的五言诗句是上二下三，最常见的七言诗句是上四下三，所以三字尾是奇数音节的自然结果。如果突破奇数音节，同时也就很容易突破三字尾的限制。何其芳同志说"每行的收尾应该基本上是两个字的词"，这个意思不容易懂，因为三字尾也可能以两个字的词或词组收尾（如杜甫的"江上小楼巢翡翠，苑边高冢卧麒麟"）。我想，如果在字数上突破了五七言，双字尾和四字尾自然会大量增加；但是三字尾和一字顿收尾似乎也不必着意避免。何其芳同志说了一个"基本上"，会不会令人了解为尽可能做到的意思呢？

由于现代诗以口语为主，词尾的大量应用也突出了时代的特点。词尾（"了""着""的"等）一般是念轻音的，它们进入句子以后，不但容易使诗句的字数增加，而且诗人还要考虑它们对节奏的影响。如果诗句中没有轻音字，每行字数的匀称可以增加整齐的美。豆腐干式并不都是可笑的，七言律诗如果分行写，不也是豆腐干式吗？如果轻重相间是有节奏的，诗行和诗行之间运用同一的格律，例如俄语的音节—重音体系，那么每行音节相等正是应该的。不过因为俄文是拼音文字，每行音节数目虽然相同，写起来字母数目并不相同，所以不显得是豆腐干式。汉语方块字每一个方块代表一个音节，所以造成豆腐干。将来汉语改用拼音文字，也就不会再是豆腐干了。但是有一种豆腐干式的新诗的确是可笑的，因为作者只知道凑足字数，轻音字和非轻音字一视同仁，例如第一句十个字当中没有一个轻音字，第二句十个字当中有三个或四个轻音字，这样在表面上虽然是匀称的，实际上是最不匀称的。轻音字不但念得轻，而且念得短，怎能和重读的字等量齐观呢？总之，现代格律诗和现代语法的关系是非常密切的。当我们研究现代格律诗的时候，应该注意到现代语法的一些特点。词尾、双音词的第二成分（如果是轻音）以及语气词等，都是应该给予特殊待遇的。

我的总的意见是：要建立现代格律诗，必须从历史发展看问题。重视中国诗的传统也就是重视格律诗的民族特点。这是历史发展问题的一方面。但是，我们不能墨守成规，语言发展了，现代格律诗也不能不跟着发展，所以我们要重视格律诗的时代特点。这是历史发展问题的另一方面。可以肯定地说，现代格律诗应该是从中国的传统的基础上，结合时代特点建立起来的。至于怎样实现这一个原则，这就要求更深入的研究和讨论了。

第三章　关于诗词
格律的一些概念

第一节　韵

韵是诗词格律的基本要素之一。诗人在诗词中用韵,叫做押韵。从《诗经》到后代的诗词,差不多没有不押韵的。民歌也没有不押韵的。在北方戏曲中,韵又叫辙,押韵叫合辙。

一首诗有没有韵,是一般人都觉察得出来的。至于要说明什么是韵,那却不太简单。但是,今天我们有了汉语拼音字母,对于韵的概念还是容易说明的。

诗词中所谓韵,大致等于汉语拼音中所谓韵母。大家知道,一个汉字用拼音字母拼起来,一般都有声母,有韵母。例如"公"字拼成 gōng,其中 g 是声母,ong 是韵母。声母总是在前面的,韵母总是在后面的。我们再看"东"dōng,"同"tóng,"隆"lóng,"宗"zōng,"聪"cōng 等,它们的韵母都是 ong,所以它们是同韵字。

凡是同韵的字都可以押韵。所谓押韵,就是把同韵的两个或更多的字放在同一位置上。一般总是把韵放在句尾,所以又叫"韵脚"。试看下面的一个例子:

书湖阴先生壁

[宋]王安石

茅檐常扫净无苔(tái),
花木成蹊手自栽(zāi)。

一水护田将绿绕，

两山排闼送青来(lái)^①。

这里"苔""栽"和"来"押韵，因为它们的韵母都是 ai。"绕"字不押韵，因为"绕"字拼起来是 rào，它的韵母是 ao，跟"苔""栽""来"不是同韵字。依照诗律，像这样的四句诗，第三句是不押韵的。

在拼音中，a、e、o 的前面可能还有 i，u，ü，如 ia，ua，uai，iao，ian，uan，üan，iang，uang，ie，üe，iong，ueng 等，这种 i，u，ü 叫做韵头，不同韵头的字也算是同韵字，也可以押韵。例如：

四时田园杂兴
[宋] 范成大

昼出耘田夜绩麻(má)，

村庄儿女各当家(jiā)。

童孙未解供耕织，

也傍桑阴学种瓜(guā)。

"麻""家""瓜"的韵母是 a，ia，ua，韵母虽不完全相同，但它们是同韵字，押起韵来是同样谐和的。

押韵的目的是为了声韵的谐和。同类的乐音在同一位置上的重复，这就构成了声音回环的美。

但是，为什么当我们读古人的诗的时候，常常觉得它们的韵

---

① △号表示韵脚。下同。

并不十分谐和,甚至很不谐和呢?这是因为时代不同的缘故。语言发展了,语音起了变化,我们拿现代的语音去读它们,自然不能完全适合了。例如:

山行

[唐]杜牧

远上寒山石径斜(xié),
白云深处有人家(jiā)。
停车坐爱枫林晚,
霜叶红于二月花(huā)。

xié 和 jiā,huā 不是同韵字,但是,唐代“斜”字读 siá(s 读浊音),和现代上海“斜”字的读音一样。因此,在当时是谐和的。又如:

江南曲

[唐]李益

嫁得瞿塘贾,
朝朝误妾期(qī)。
早知潮有信,
嫁与弄潮儿(ér)。

在这首诗里,“期”和“儿”是押韵的;按今天普通话去读,qī 和 ér 就不能算押韵了。如果按照上海的白话音念“儿”字,念如 ní 音(这个音正是接近古音的),那就谐和了。今天我们当然不可能(也不必要)按照古音去读古人的诗,不过我们应该明白这个道理,才不至于怀疑古人所押的韵是不谐和的。

古人押韵是依照韵书的。古人所谓"官韵",就是朝廷颁布的韵书。这种韵书,在唐代,和口语还是基本上一致的;依照韵书押韵,也是比较合理的。宋代以后,语音变化较大,诗人们仍旧依照韵书来押韵,那就变为不合理的了。今天我们如果写旧诗,自然不一定要依照韵书来押韵。不过,当我们读古人的诗的时候,却又应该知道古人的诗韵。在第四章里,我们还要回到这个问题上来讲。

第二节　四声

四声,这里指的是古代汉语的四种声调。我们要知道四声,必须先知道声调是怎样构成的。所以这里先从声调谈起。

声调,这是汉语(以及某些其他语言)的特点。语音的高低、升降、长短构成了汉语的声调,而高低、升降则是主要的因素。拿普通话的声调来说,共有四个声调:阴平声是一个高平调(不升不降叫平),阳平声是一个中升调(不高不低叫中),上声是一个低升调(有时是低平调),去声是一个高降调。

古代汉语也有四个声调,但是和今天普通话的声调种类不完全一样。古代的四声是:

(1)平声。这个声调到后代分化为阴平和阳平。

(2)上声。这个声调到后代有一部分变为去声。

(3)去声。这个声调到后代仍是去声。

（4）入声。这个声调是一个短促的调子。现代江浙、福建、广东、广西、江西等处都还保存着入声。北方也有不少地方（如山西、内蒙古）保存着入声。湖南的入声不是短促的了，但也保存着入声这一个调类。北方的大部分和西南的大部分的口语里，入声已经消失了。北方的入声字，有的变为阴平，有的变为阳平，有的变为上声，有的变为去声。就普通话来说，入声字变为去声的最多，其次是阳平，变为上声的最少。西南方言（从湖北到云南）的入声字，一律变成了阳平。

古代的四声高低升降的形状是怎样的，现在不能详细知道了。依照传统的说法，平声应该是一个中平调，上声应该是一个升调，去声应该是一个降调，入声应该是一个短调。《康熙字典》前面载有一首歌诀，名为《分四声法》：

> 平声平道莫低昂，
> 上声高呼猛烈强，
> 去声分明哀远道，
> 入声短促急收藏。

这种叙述是不够科学的，但是它也让我们知道了古代四声的大概。

四声和韵的关系是很密切的。在韵书中，不同声调的字不能算是同韵。在诗词中，不同声调的字一般不能押韵。

什么字归什么声调，在韵书中是很清楚的。在今天还保存着入声的汉语方言里，某字属某声也还相当清楚。我们特别应该注意的是一字两读的情况。有时候,一个字有两种意义(往往词性也不同),同时也有两种读音。例如"为"字,用作动词的时候解作"做",就读平声(阳平);用作介词的时候解作"因为""为了",就读去声。在古代汉语里,这种情况比现代汉语多得多。现在试举一些例子:

> 骑:平声,动词,骑马;去声,名词,骑兵。
>
> 思:平声,动词,思念;去声,名词,思想,情怀。
>
> 誉:平声,动词,称赞;去声,名词,名誉。
>
> 污:平声,形容词,污秽;去声,动词,弄脏。
>
> 数:上声,动词,计算;去声,名词,数目,命运;入声(读如朔),形容词,频繁。
>
> 教:去声,名词,教化,教育;平声,动词,使,让。
>
> 令:去声,名词,命令;平声,动词,使,让。
>
> 禁:去声,名词,禁令,宫禁;平声,动词,堪,经得起。
>
> 杀:入声,及物动词,杀戮;去声(读如晒),不及物动词,衰落。

有些字,本来是读平声的,后来变为去声,但是意义、词性都不变。"望""叹""看"都属于这一类。"望"和"叹"在唐诗中已经有读去声的了,"看"字直到近代律诗中,往往也还读平声(读如刊)。在现代汉语里,除"看守"的"看"读平声以外,"看"字总是读去声了。也有比较复杂的情况,如"过"字用作动词时有平、去两读,至于用作名词,解作过失时,就只有去声一读了。

辨别四声,是辨别平仄的基础。下一节我们就讨论平仄问题。

第三节　平仄

知道了什么是四声,平仄就好懂了。平仄是诗词格律的一个术语:诗人们把四声分为平仄两大类,平就是平声,仄就是上去入三声。仄,按字义解释,就是不平的意思。

凭什么来分平仄两大类呢?因为平声是没有升降的,较长的,而其他三声是有升降的(入声也可能是微升或微降),较短的,这样,它们就形成了两大类型。如果让这两类声调在诗词中交错着,那就能使声调多样化,而不至于单调。古人所谓"声调铿锵"①,虽然有许多讲究,但是平仄谐和也是其中的一个重要因素。

平仄在诗词中又是怎样交错着的呢? 我们可以概括为两句话:

(1)平仄在本句中是交替的;
(2)平仄在对句中是对立的。

这种平仄规则在律诗中表现得特别明显。

例如毛主席《长征》诗的第五、六两句:

金沙水拍云崖暖,

---

①铿锵:音 kēng qiāng,乐器声,指宫商协调。

大渡桥横铁索寒。

这两句诗的平仄是：

平平｜仄仄｜平平｜仄，

仄仄｜平平｜仄仄｜平。

就本句来说，每两个字一个节奏。平起句平平后面跟着的是仄仄，仄仄后面跟着的是平平，最后一个又是仄。仄起句仄仄后面跟着的是平平，平平后面跟着的是仄仄，最后一个又是平。这就是交替。就对句来说，"金沙"对"大渡"，是平平对仄仄，"水拍"对"桥横"，是仄仄对平平，"云崖"对"铁索"，是平平对仄仄，"暖"对"寒"，是仄对平。这就是对立。

关于诗词的平仄规则，下文还要详细讨论。现在先谈一谈我们怎样辨别平仄。

如果你的方言里是有入声的（譬如说，你是江浙人或山西人、湖南人、华南人），那么问题就很容易解决。在那些有入声的方言里，声调不止四个，不但平声分阴阳，连上声、去声、入声，往往也都分阴阳。像广州入声还分为三类。这都好办：只消把它们合并起来就是了。例如把阴平、阳平合并为平声，把阴上、阳上、阴去、阳去、阴入、阳入合并为仄声，就是了。问题在于你要先弄清楚自己方言里有几个声调。这就要找一位懂得声调的朋友帮助一下。如果你在语文课上已经学过本地声调和普通话声调的对应规律,已经弄清楚了自己方言里的声调,就更好了。

如果你是湖北、四川、云南、贵州和广西北部的人,那么入声字在你的方言里都归了阳平。这样,遇到阳平字就应该特别注意,其中有一部分在古代是属于入声字的。至于哪些字属入声,哪些字属阳平,就只好查字典或韵书了。

如果你是北方人,那么辨别平仄的方法又跟湖北等处稍有不同。古代入声字既然在普通话里多数变了去声,去声也是仄声;又有一部分变了上声,上声也是仄声。因此,由入变去和由入变上的字,都不妨碍我们辨别平仄;只有由入变平(阴平、阳平)才造成了辨别平仄的困难。我们遇着诗律上规定用仄声的地方,而诗人用了一个在今天读来是平声的字,引起了我们的怀疑,可以查字典或韵书来解决。

注意,凡韵尾是 -n 或 -ng 的字,不会是入声字。如果就湖北、四川、云南、贵州和广西北部来说,ai,ei,ao,ou 等韵基本上也没有入声字。

总之,入声问题是辨别平仄的唯一障碍。这个障碍是查字典或韵书才能消除的;但是,平仄的道理是很好懂的。而且,中国大约还有一半的地方是保留着入声的,在那些地方的人们,辨别平仄更是没有问题了。

第四节　对仗

诗词中的对偶,叫做对仗。古代的仪仗队是两两相对的,这是"对仗"这个术语的来历。

对偶又是什么呢？对偶就是把同类的概念或对立的概念并列起来。例如"抗美援朝"，"抗美"与"援朝"形成对偶。对偶可以句中自对，又可以两句相对。例如"抗美援朝"是句中自对，"抗美援朝，保家卫国"是两句相对。一般讲对偶，指的是两句相对。上句叫出句，下句叫对句。

对偶的一般规则，是名词对名词，动词对动词，形容词对形容词，副词对副词。仍以"抗美援朝，保家卫国"为例，"抗""援""保""卫"都是动词相对，"美""朝""家""国"都是名词相对。实际上，名词还可以细分为若干类，同类名词相对被认为是工整的对偶，简称"工对"。这里"美"与"朝"都是专名，而且都是简称，所以是工对；"家"与"国"都是人的集体，所以也是工对。"保家卫国"对"抗美援朝"也算工对，因为句中自对工整了，两句相对就不要求同样工整了。

对偶是一种修辞手段，它的作用是形成整齐的美。汉语的特点特别适宜于对偶，因为汉语单音词较多，即使是复音词，其中的词素也有相当的独立性，容易造成对偶。对偶既然是修辞手段，那么，散文与诗都用得着它。例如《易经》说："同声相应，同气相求。"（《易·乾·文言》）《诗经》说："昔我往矣，杨柳依依；今我来思，雨雪霏霏。"（《小雅·采薇》）这些对仗都是适应修辞的需要的。但是，律诗中的对仗还有它的规则，而不是像《诗经》那样随便的。这个规则是：

（1）出句和对句的平仄是相对立的；

（2）出句的字和对句的字不能重复①。

因此，像上面所举《易经》和《诗经》的例子，还不合于律诗对仗的标准。上面所举毛主席《长征》诗中的两句："金沙水拍云崖暖，大渡桥横铁索寒"，才是合于律诗对仗的标准的。

对联（对子）是从律诗演化出来的，所以也要适合上述的两个标准。例如毛主席在《改造我们的学习》中，所举的一副对子：

> 墙上芦苇，头重脚轻根底浅；
> 山间竹笋，嘴尖皮厚腹中空。

这里上联（出句）的字和下联（对句）的字不相重复，而它们的平仄则是相对立的：

> ⊗仄平平，⊗仄㊉平平仄仄；
> ㊉平⊗仄，㊉平⊗仄仄平平②。

就修辞方面说，这副对子也是对得很工整的。"墙上"是名词带方位词，所对的"山间"也是名词带方位词。"根底"是名词带方

---

① 至少是同一位置上不能重复。例如"昔我往矣，杨柳依依；今我来思，雨雪霏霏"，出句第二字和对句第二字都是"我"字，那就是同一位置上的重复。

② 字外有圆圈的，表示可平可仄。

位词①,所对的"腹中"也是名词带方位词。"头"对"嘴"、"脚"对"皮",都是名词对名词。"重"对"尖"、"轻"对"厚",都是形容词对形容词。"头重"对"脚轻"、"嘴尖"对"皮厚",都是句中自对。这样句中自对而又两句相对,更显得特别工整了。

关于诗词的对仗,下文还要详细讨论,现在先谈到这里。

---

① 根底:原作"根柢",是平行结构。写作"根底"仍是平行结构。我们说是名词带方位词,是因为这里确是利用了"底"也可以作方位词这一事实来构成对仗的。

第四章 诗韵

第一节　平水韵

　　现存最早的一部诗韵是《广韵》。《广韵》的前身是《唐韵》，《唐韵》的前身是《切韵》。《广韵》共有 206 韵，《唐韵》《切韵》应该也是 206 韵[①]。韵分得太细，写诗很受拘束。唐初许敬宗等奏议，把 206 韵中邻近的韵合并来用。宋淳祐年间，江北平水人刘渊著《壬子新刊礼部韵略》，合并 206 韵为 107 韵。清代改称平水韵为佩文诗韵，又合并为 106 韵。因为平水韵是根据唐初许敬宗奏议合并的韵，所以，唐人用韵，实际上用的是平水韵。

　　平水韵 106 韵如下：

上平声[②]

一东	二冬	三江	四支
五微	六鱼	七虞	八齐
九佳	十灰	十一真	十二文
十三元	十四寒	十五删	

下平声

一先	二萧	三肴	四豪
五歌	六麻	七阳	八庚
九青	十蒸	十一尤	十二侵
十三覃	十四盐	十五咸	

---

①今人考证，《切韵》原来只有 193 韵。
②平声字多，分为两卷。"上平声"是平声上卷的意思，"下平声"是平声下卷的意思。

上声

一董	二肿	三讲	四纸
五尾	六语	七麌	八荠
九蟹	十贿	十一轸	十二吻
十三阮	十四旱	十五潸	十六铣
十七篠	十八巧	十九皓	二十哿
廿一马	廿二养	廿三梗	廿四迥
廿五有	廿六寝	廿七感	廿八琰
廿九豏			

去声

一送	二宋	三绛	四寘
五未	六御	七遇	八霁
九泰	十卦	十一队	十二震
十三问	十四愿	十五翰	十六谏
十七霰	十八啸	十九效	二十号
廿一箇	廿二祃	廿三漾	廿四敬
廿五径	廿六宥	廿七沁	廿八勘
廿九艳	三十陷		

入声

一屋	二沃	三觉	四质
五物	六月	七曷	八黠
九屑	十药	十一陌	十二锡
十三职	十四缉	十五合	十六葉
十七洽			

第二节　今体诗的用韵

今体诗（律诗、绝句）用韵都依照平水韵，而且限用平声韵。例如：

月夜忆舍弟

[唐]杜甫

戍鼓断人行，边秋一雁声①。

露从今夜白，月是故乡明。

有弟皆分散，无家问死生。

寄书长不达，况乃未休兵！

（八庚）

湘灵鼓瑟

[唐]钱起

善鼓云和瑟，常闻帝子灵。

冯夷空自舞，楚客不堪听。

苦调凄金石，清音入杳冥。

苍梧来怨慕，白芷动芳馨。

---

①△号表示韵脚。下同。

流水传湘浦，悲风过洞庭。

曲终人不见，江上数峰青。

（九青）

从军行

［唐］王昌龄

秦时明月汉时关，万里长征人未还。

但使龙城飞将在，不教胡马度阴山。

（十五删。"教"读 jiāo）

塞下曲

［唐］李白

五月天山雪，无花只有寒。

笛中闻折柳，春色未曾看。

晓战随金鼓，宵眠抱玉鞍。

愿将腰下剑，直为斩楼兰。

（十四寒。"看"读 kān）

左迁至蓝关示侄孙湘

［唐］韩愈

一封朝奏九重天，夕贬潮阳路八千。

欲为圣明除弊事,肯将衰朽惜残年?

云横秦岭家何在? 雪拥蓝关马不前。

知汝远来应有意,好收吾骨瘴江边。

（一先）

辋川闲居

［唐］王维

一从归白社,不复到青门。

时倚檐前树,远看原上村。

青菰临水拔,白鸟向山翻。

寂寞於陵子,桔槔方灌园。

（十三元。"看"读 kān）

第三节　古体诗的用韵

古体诗用韵较宽,可以用平水韵,也可以用更宽的韵,即以邻韵合用。例如:

樵父词

［唐］储光羲

山北饶朽木,山南多枯枝。（四支）

枯枝作采薪,爨室私自知。(四支)

诘朝砺斧寻,视暮行歌归。(五微)

先雪隐薜荔,迎暄卧茅茨。(四支)

清涧日濯足,乔木时曝衣。(五微)

终年登险阻,不复忧安危。(四支)

荡漾与神游,莫知是与非。(五微)

伤宅

〔唐〕白居易

谁家起甲第,朱门大道边?(一先)

丰屋中栉比,高墙外回环。(十五删)

累累六七堂,檐宇相连延。(一先)

一堂费百万,郁郁起青烟。(一先)

洞房温且清,寒暑不能干。(十四寒)

高堂虚且迥,坐卧见南山。(十五删)

绕廊紫藤架,夹砌红药栏。(十四寒)

攀枝摘樱桃,带花移牡丹。(十四寒)

主人此中坐,十载为大官。(十四寒)

厨有臭败肉,库有贯朽钱。(一先)

谁能将我语，问尔骨肉间。（十五删）

岂无穷贱者，忍不救饥寒？（十四寒）

如何奉一身，直欲保千年！（一先）

不见马家宅，今作奉诚园！（十三元）

古体诗用韵，可以用平声韵，也可以用上、去声韵（上、去声可以通押），也可以用入声韵。例如：

用平声韵的：

赠卫八处士

［唐］杜甫

人生不相见，动如参与商。

今夕复何夕？共此灯烛光。

少壮能几时？鬓发各已苍。

访旧半为鬼，惊呼热中肠。

焉知二十载，重上君子堂！

昔别君未婚，儿女忽成行。

怡然敬父执，问我来何方。

问答未及已，儿女罗酒浆。

夜雨剪春韭，新炊间黄粱。

主称会面难，一举累十觞。

十觞亦不醉，感子故意长。
　　　　　△

明日隔山岳，世事两茫茫！
　　　　△

　　　　　　　　　　（七阳）

用上声韵的：

夏日南亭怀辛大

〔唐〕孟浩然

山光忽西落，池月渐东上。
　　　　　　　　　△

散发乘夕凉，开轩卧闲敞。
　　　　　　　　　　△

荷风送香气，竹露滴清响。
　　　　　　　　　　△

欲取鸣琴弹，恨无知音赏。
　　　　　　　　　　△

感此怀故人，中宵劳梦想。
　　　　　　　　　　△

　　　　　　　　　　（廿二养）

用去声韵的：

羌村

〔唐〕杜甫

峥嵘赤云西，日脚下平地。（四寘）
　　　　　　　　　△

柴门鸟雀噪，归客千里至。（四寘）
　　　　　　　　　△

妻孥怪我在，惊定还拭泪。（四寘）

世乱遭飘荡，生还偶然遂。（四寘）
　　　　　　　　　△

邻人满墙头,感叹亦歔欷。(五未)

夜阑更秉烛,相对如梦寐。(四寘)

用入声韵的:

佳人

[唐]杜甫

绝代有佳人,幽居在空谷。(一屋)

自云良家子,零落依草木。(一屋)

关中昔丧乱,兄弟遭杀戮。(一屋)

官高何足论?不得收骨肉。(一屋)

世情恶衰歇,万事随转烛。(二沃)

夫婿轻薄儿,新人美如玉。(二沃)

合昏尚知时,鸳鸯不独宿。(一屋)

但见新人笑,那闻旧人哭!(一屋)

在山泉水清,出山泉水浊。(三觉)

侍婢卖珠回,牵萝补茅屋。(一屋)

摘花不插发,采柏动盈掬。(一屋)

天寒翠袖薄,日暮倚修竹。(一屋)

第四节　一韵到底和换韵

今体诗都是一韵到底的。古体诗可以一韵到底，也可以换韵，乃至换几次韵。例如：

雁门太守行

［唐］李贺

黑云压城城欲摧，
　　　　△
甲光向日金鳞开。（十灰）
　　　　△
角声满天秋色里，
　　　　△
塞上燕脂凝夜紫。
　　　　△
半卷红旗临易水，
　　　　△
霜重鼓寒声不起。（四纸）
　　　　△
报君黄金台上意①，（四寘）
提携玉龙为君死。（四纸）

兵车行

［唐］杜甫

车辚辚，马萧萧，行人弓箭各在腰。
　　　△　　　　　　　　　　　　△

---

①"意"字去声，也可以认为韵脚，上、去通押。

耶娘妻子走相送，尘埃不见咸阳桥。

牵衣顿足拦道哭，哭声直上干云霄。（二萧）

道旁过者问行人，行人但云点行频。（十一真）

或从十五北防河，便至四十西营田。

去时里正与裹头，归来头白还戍边。（一先）

边庭流血成海水，武皇开边意未已。

君不闻汉家山东二百州，千村万落生荆杞！（四纸）

纵有健妇把锄犁，禾生陇亩无东西。

况复秦兵耐苦战，被驱不异犬与鸡！（八齐）

长者虽有问，役夫敢申恨？（十三问、十四愿合韵）

且如今年冬，未休关西卒。

县官急索租，租税从何出？（四质、六月合韵）

信知生男恶，反是生女好。

生女犹得嫁比邻，生男埋没随百草。（十九皓）

君不见青海头，古来白骨无人收。

新鬼烦冤旧鬼哭，天阴雨湿声啾啾。（十一尤）

第五节　首句用邻韵，出韵

上面说过，今体诗要用平水韵。但是，诗的首句本来是可以

不用韵的,如果用韵,就不一定要用本韵,而可以用邻韵。例如:

访戴天山道士不遇

[唐]李白

犬吠水声中(一东),桃花带露浓。(二冬)

树深时见鹿,溪午不闻钟。(二冬)

野竹分青霭,飞泉挂碧峰。(二冬)

无人知所去,愁倚两三松。(二冬)

秋野

[唐]杜甫

秋野日疏芜(七虞),寒江动碧虚。(六鱼)

系舟蛮井络,卜宅楚村墟。(六鱼)

枣熟从人打,葵荒欲自锄。(六鱼)

盘飧老夫食,分减及溪鱼。(六鱼)

盛唐时期,首句用邻韵很少见。到了晚唐及宋代,首句用邻韵的情况非常多。现在举几个例子:

田家

[北宋]欧阳修

绿桑高下映平川(一先),赛罢田神笑语喧。(十三元)

林外鸣鸠春雨歇,屋头初日杏花繁。(十三元)

题西林壁

[北宋]苏轼

横看成岭侧成峰(二冬),远近高低各不同。(一东)

不识庐山真面目,只缘身在此山中。(一东)

山园小梅

[北宋]林逋

众芳摇落独暄妍(一先),占尽风情向小园。(十三元)

疏影横斜水清浅,暗香浮动月黄昏。(十三元)

霜禽欲下先偷眼,粉蝶如知合断魂。(十三元)

幸有微吟可相狎,不须檀板共金樽。(十三元)

今体诗如果不是在首句,而是在其他地方用邻韵,叫做出韵。在唐宋诗中,出韵的情况非常罕见。这里举两个例子:

少年

[唐]李商隐

外戚平羌第一功(一东),生年二十有重封。(二冬)

宜登宣室螭头上,横过甘泉豹尾中。(一东)

别馆觉来云雨梦,后门归去蕙兰丛。(一东)

灞陵夜猎随田窦，不识寒郊自转蓬。（一东）

茂陵

［唐］李商隐

汉家天马出蒲梢（三肴），苜蓿榴花遍近郊。（三肴）

内苑只知含凤觜，属车无复插鸡翘。（二萧）

玉桃偷得怜方朔，金屋修成贮阿娇。（二萧）

谁料苏卿老归国，茂陵松柏雨萧萧。（二萧）

第六节　柏梁体

七言古诗有句句用韵的，叫做柏梁体。汉武帝作柏梁台，和群臣共赋七言诗（联句），句句用韵（平声韵）。后人把句句用韵的七言诗称为柏梁体。例如：

饮中八仙歌

［唐］杜甫

知章骑马似乘船，眼花落井水底眠。

汝阳三斗始朝天，道逢麹车口流涎，

恨不移封向酒泉！

左相日兴费万钱，饮如长鲸吸百川。

衔杯乐圣称避贤。

宗之潇洒美少年,举觞白眼望青天,

皎如玉树临风前。

苏晋长斋绣佛前,醉中往往爱逃禅。

李白一斗诗百篇,长安市上酒家眠,

天子呼来不上船,自称臣是酒中仙。

张旭三杯草圣传,脱帽露顶王公前,

挥毫落纸如云烟。

焦遂五斗方卓然,高谈雄辩惊四筵。

第五章　诗律

第一节　诗的种类

关于诗的种类,问题是相当复杂的。《唐诗三百首》的编者把诗分为古诗、律诗、绝句三类,又在这三类中都附有乐府一类;古诗、律诗、绝句又各分为五言、七言。这是一种分法。沈德潜所编的《唐诗别裁》的分类稍有不同:他不把乐府独立起来,但是他增加了五言长律一类。宋郭知达所编的杜甫诗集就只简单地分为古诗和近体诗两类。现在我们试就上述三种分类法再参照别的分类法加以讨论。

从格律上看,诗可分为古体诗和近体诗。古体诗又称古诗或古风,近体诗又称今体诗。从字数上看,有四言诗、五言诗、七言诗[①]。唐代以后,四言诗很少见了,所以一般诗集只分为五言、七言两类。

(一)古体和近体

古体诗是依照古代的诗体来写的。在唐人看来,从《诗经》到南北朝的庾信,都算是古,因此所谓依照古代的诗体,也就没有一定的标准。但是,诗人们所写的古体诗,有一点是一致的,那就是不受近体诗的格律的束缚。我们可以说,凡不受近体诗格律的束缚的,都是古体诗。

乐府产生于汉代,本来是配音乐的,所以称为"乐府"或"乐

———————————

①六言诗是很少见的。

府诗"。这种乐府诗称为"曲""辞""歌""行"等。到了唐代以后，文人摹拟这种诗体而写成的古体诗，也叫"乐府"，但是已经不再配音乐了。由于隋唐时代逐渐形成了新音乐，后来又产生了配新音乐的歌词，叫做"词"。词大概产生于盛唐。在乐府衰微之后、词产生之前的一个过渡时期，配新乐曲的歌辞即采用近体诗。像王维的《渭城曲》、李白的《清平调》，都是近体诗的形式。

近体诗以律诗为代表。律诗的韵、平仄、对仗，都有许多讲究。由于格律很严，所以称为律诗。律诗有以下四个特点：

(1)每首限定八句，五律共四十字，七律共五十六字；

(2)押平声韵；

(3)每句的平仄都有规定；

(4)每篇必须有对仗，对仗的位置也有规定。

有一种超过八句的律诗，称为长律。长律自然也是近体诗。长律一般是五言的①，往往在题目上标明韵数。如杜甫《风疾舟中伏枕书怀三十六韵》，就是三百六十字；白居易《代书诗一百韵寄微之》，就是一千字。这种长律除了尾联(或除了首尾两联)以外，一律用对仗，所以又叫排律②。

绝句比律诗的字数少一半。五言绝句只有二十字，七言绝句只有二十八字。绝句实际上可以分为古绝、律绝两类。

古绝可以用仄韵。即使是押平声韵的，也不受近体诗平仄规则的束缚。这可以归入古体诗一类。

_____

①也有七言长律，如杜甫《清明》二首等。
②参照下文第 105 页"长律的对仗"。

律绝不但押平声韵,而且依照近体诗的平仄规则。在形式上它们就等于半首律诗。这可以归入近体诗[①]。

总括起来说:一般所谓古风属于古体诗,而律诗(包括长律)则属于近体诗。乐府和绝句,有些属于古体,有些属于近体。

(二)五言和七言

五言就是五个字一句,七言就是七个字一句。五言古诗简称五古,七言古诗简称七古;五言律诗简称五律,七言律诗简称七律;五言绝句简称五绝,七言绝句简称七绝。

古风分为五古、七古,这只是大致的分法。其实除了五言、七言之外,还有所谓杂言。杂言指的是长短句杂在一起,主要是三字句、五字句、七字句,其中偶然也有四字句、六字句以及七字以上的句子。杂言诗一般不另立一类,而只归入七古。甚至篇中完全没有七字句,只要是长短句,也就归入七古。这是习惯上的分类法,是没有什么理论根据的。

第二节　律诗的韵

我们先讲近体诗,后讲古体诗,这是因为彻底了解了近体诗之后,才能更好地了解古体诗。第一,古体诗既然是以不受近体诗格律的束缚为其特征的,我们就必须先知道近体诗的格律是

---

①郭知达编杜甫诗集把多数绝句都归入近体诗。元稹所编的《白氏长庆集》索性就把这种绝句归入律诗。

什么,然后才能知道什么是古体诗。第二,自从有了律诗以后,古体诗也不能不受律诗的影响,所以要先了解律诗,然后才能知道古体诗所受律诗的影响是什么。

在这一节里,我们先谈律诗的韵。

古人写律诗,是严格地依照韵书来押韵的。韵书的历史,这里用不着详细叙述。清代一般人常常查阅的《诗韵集成》《诗韵合璧》等韵书,不但可以说明清代律诗的押韵,而且可以说明唐宋律诗的用韵。一般人所谓"诗韵",也就是指这个来说的①。

诗韵共有 106 个韵:平声 30 韵,上声 29 韵,去声 30 韵,入声 17 韵。律诗一般只用平声韵②,所以我们在这一节里只谈平声韵;至于仄声韵,留待下文讲古体诗时再行讨论。

在韵书里,平声分为上平声、下平声。平声字多,所以分为两卷,等于说平声上卷,平声下卷,没有别的意思。

上平声 15 韵:

一东	二冬	三江	四支	五微	六鱼
七虞	八齐	九佳	十灰	十一真	十二文
十三元	十四寒	十五删			

下平声 15 韵:

| 一先 | 二萧 | 三肴 | 四豪 | 五歌 | 六麻 |
| 七阳 | 八庚 | 九青 | 十蒸 | 十一尤 | 十二侵 |

---

① 《佩文韵府》等书,也是按这个诗韵排列的。
② 刘长卿、白居易、韩偓等人写了一些仄韵律诗。因为这种诗是罕见的,这里不谈。

十三覃　十四盐　十五咸

东、冬等字都只是韵的代表字，它们只表示韵母的种类。至于东、冬这两个韵（以及其他相近似的韵）在读音上有什么分别，现在我们不需要追究它。我们只须知道它们在最初的时候可能是有区别的，后来混而为一了，但是古代诗人们依照韵书，在写律诗时还不能把它们混用。起初是限于功令，在科举应试的时候不能不遵守它；后来成为风气，平常写律诗的时候也遵守它了。在《红楼梦》里，有这样一段故事：林黛玉叫香菱写一首咏月的律诗，指定用寒韵。香菱正在挖心搜胆、耳不旁听、目不别视的时候，探春隔窗笑说道："菱姑娘，你闲闲吧。"香菱怔怔答道："闲字是十五删的，错了韵了。"这一段故事可以说明近体诗用韵的严格。

韵有宽有窄，字数多的叫宽韵，字数少的叫窄韵。宽韵如支韵、真韵、先韵、阳韵、庚韵、尤韵等，窄韵如江韵、佳韵、肴韵、覃韵、盐韵、咸韵等，窄韵的律诗是比较少见的。有些韵，如微韵、删韵、侵韵，字数虽不多，但是比较合用，诗人们也很喜欢用它们。

现在我们举出几首律诗为例①：

①我们有意识地举一些在今天看来不必分别，而前人在律诗中严格区别开来的韵，如东与冬，鱼与虞，庚与青。其余的韵可以看下文各节所举的例子。四支，张巡《守睢阳诗》106页。五微，苏轼《寿星院寒碧轩》98页。十灰，杜甫《客至》102页。十一真，孟浩然《宿建德江》113页。十二文，杜甫《春日忆李白》101页。十三元，林逋《山园小梅》79页。十四寒，杜甫《月夜》89页。十五删，陆游《书愤》83页。一先，王维《使至塞上》87页。二萧，毛主席《送瘟神》（其二）91页。四豪，卢纶《塞下曲》114页。五歌，杜甫《天末怀李白》93页。六麻，杜牧《泊秦淮》114页。七阳，杜甫《闻官军收河南河北》104页。十蒸，苏轼《鄜坞》115页。十一尤，李白《渡荆门送别》90页。窄韵不举例。

第五章　诗律　75

送魏大将军（一东）

［唐］陈子昂

匈奴犹未灭，魏绛复从戎。

怅别三河道，言追六郡雄。

雁山横代北，狐塞接云中。

勿使燕然上，惟留汉将功。

喜见外弟又言别（二冬）

［唐］李益

十年离乱后，长大一相逢。

问姓惊初见，称名忆旧容。

别来沧海事，语罢暮天钟。

明日巴陵道，秋山又几重？

筹笔驿（六鱼）

［唐］李商隐

猿鸟犹疑畏简书，风云常为护储胥。

徒令上将挥神笔，终见降王走传车。

管乐有才元不忝，关张无命欲何如？

他年锦里经祠庙，梁父吟成恨有余。

终南山（七虞）

[唐]王维

太乙近天都，连山到海隅。

白云回望合，青霭入看无。

分野中峰变，阴晴众壑殊。

欲投人处宿，隔水问樵夫。

钱塘湖春行（八齐）

[唐]白居易

孤山寺北贾亭西，水面初平云脚低。

几处早莺争暖树？谁家新燕啄春泥？

乱花渐欲迷人眼，浅草才能没马蹄。

最爱湖东行不足，绿杨阴里白沙堤。

月夜忆舍弟（八庚）

[唐]杜甫

戍鼓断人行，边秋一雁声。

露从今夜白，月是故乡明。

有弟皆分散，无家问死生。

寄书长不达，况乃未休兵！

送赵都督赴代州（九青）

〔唐〕王维

天官动将星，汉地柳条青。

万里鸣刁斗，三军出井陉。

忘身辞凤阙，报国取龙庭①。

岂学书生辈，窗间老一经！

咏煤炭（十二侵）

〔明〕于谦

凿开混沌得乌金，藏蓄阳和意最深。

爝火燃回春浩浩，洪炉照破夜沉沉。

鼎彝元赖生成力，铁石犹存死后心。

但愿苍生俱饱暖，不辞辛苦出山林。

　　五律第一句，多数是不押韵的；七律第一句，多数是押韵的。由于第一句押韵与否是自由的，所以第一句的韵脚也可以不太严格，用邻近的韵也行。这种首句用邻韵的风气到晚唐才相当普遍，宋代更成为有意识的时尚。现在试举两个例子：

----

① 杨炯《从军行》："牙璋辞凤阙，铁骑绕龙城。""龙庭"就是"龙城"。这里不用"龙城"，而用"龙庭"，因为"城"字是八庚韵，"庭"字是九青韵。

清明

[唐]杜牧

清明时节雨纷纷，路上行人欲断魂。
借问酒家何处有，牧童遥指杏花村。

山园小梅

[宋]林逋

众芳摇落独暄妍，占尽风情向小园。
疏影横斜水清浅，暗香浮动月黄昏。
霜禽欲下先偷眼，粉蝶如知合断魂。
幸有微吟可相狎，不须檀板共金樽。

这两首诗用的都是十三元韵，但是杜牧《清明》第一句韵脚却用了十二文韵的"纷"字，林逋《山园小梅》第一句韵脚却用了一先韵的"妍"字。这种首句用邻韵的情况，在王维、李白、杜甫等盛唐诗人的律诗里是少见的①。

以上所述律诗用韵的严格性，只是为了说明古代的律诗。今天我们如果也写律诗，就不必拘泥古人的诗韵。不但首句用邻韵，就是其他的韵脚用邻韵，只要朗诵起来谐和，都是可以的。

---

① 李白有一首《访戴天山道士不遇》也是首句用邻韵，还有李颀的《送李回》。但是这种情况不多见。

第三节　律诗的平仄

平仄,这是律诗中最重要的因素。律诗的平仄规则,一直应用到后代的词曲。我们讲诗词的格律,主要就是讲平仄。

(一)五律的平仄

五言的平仄,只有四个类型,而这四个类型可以构成两联。即:

仄仄平平仄,平平仄仄平;

平平平仄仄,仄仄仄平平。

由这两联的错综变化,可以构成五律的四种平仄格式。其实只有两种基本格式,其余两种不过是在基本格式的基础上稍有变化罢了。

(1)仄起式

Ⓐ仄平平仄,平平仄仄平。

Ⓟ平平仄仄,Ⓐ仄仄平平。

Ⓐ仄平平仄,平平仄仄平。

Ⓟ平平仄仄,Ⓐ仄仄平平。

(字外加圈表示可平可仄)

春望

国破山河在,城春草木深。

感时花溅泪,恨别鸟惊心。

烽火连三月,家书抵万金。

白头搔更短,浑欲不胜簪①。

另一式,首句改为仄仄仄平平,其余不变②。

(2)平起式

平平平仄仄,仄仄仄平平。

仄仄平平仄,平平仄仄平。

平平平仄仄,仄仄仄平平。

仄仄平平仄,平平仄仄平。

山居秋暝

[唐]王维

空山新雨后,天气晚来秋。

明月松间照,清泉石上流。

竹喧归浣女,莲动下渔舟。

随意春芳歇,王孙自可留。

另一式,首句改为平平仄仄平,其余不变③。

———————

① 胜:平声,读如升。簪字有 zān、zēn 两读,分入覃、侵两韵,这里押侵韵,读 zēn。字下加小圆点的都是入声字。下同。
② 参看上文 77 页杜甫《月夜忆舍弟》。
③ 这一种格式比较少见。参看上文第 78 页王维《送赵都督赴代州》。

(二)七律的平仄

七律是五律的扩展,扩展的办法是在五字句的上面加一个两字的头。仄上加平,平上加仄。试看下面的对照表:

(1)平仄脚

　　　　五言仄起仄收　　　○○仄仄平平仄

　　　　七言平起仄收　　　平平仄仄平平仄

(2)仄平脚

　　　　五言平起平收　　　○○平平仄仄平

　　　　七言仄起平收　　　仄仄平平仄仄平

(3)仄仄脚

　　　　五言平起仄收　　　○○平平平仄仄

　　　　七言仄起仄收　　　仄仄平平平仄仄

(4)平平脚

　　　　五言仄起平收　　　○○仄仄仄平平

　　　　七言平起平收　　　平平仄仄仄平平

因此,七律的平仄也只有四个类型,这四个类型也可以构成两联,即:

　　　　　　平平仄仄平平仄,仄仄平平仄仄平。

　　　　　　仄仄平平平仄仄,平平仄仄仄平平。

由这两联的平仄错综变化,可以构成七律的四种平仄格式。其实只有两种基本格式,其余两种不过在基本格式的基础上稍有变化罢了。

（1）仄起式

　　㊀仄平平仄仄平，㊉平㊀仄仄平平。

　　㊉平㊀仄平平仄，㊀仄平平仄仄平。

　　㊀仄㊉平平仄仄，㊉平㊀仄仄平平。

　　㊉平㊀仄平平仄，㊀仄平平仄仄平。

书愤

[宋]陆游

早岁那知世事艰？中原北望气如山①。

楼船夜雪瓜洲渡，铁马秋风大散关。

塞上长城空自许，镜中衰鬓已先斑。

出师一表真名世，千载谁堪伯仲间？

到韶山

毛泽东

别梦依稀咒逝川，故园三十二年前。

红旗卷起农奴戟，黑手高悬霸主鞭。

为有牺牲多壮志，敢教日月换新天②。

喜看稻菽千重浪，遍地英雄下夕烟。

---

① 那：平声。

② 教：平声。

冬云

毛泽东

雪压冬云白絮飞,万花纷谢一时稀。

高天滚滚寒流急,大地微微暖气吹。

独有英雄驱虎豹,更无豪杰怕熊罴。

梅花欢喜漫天雪①,冻死苍蝇未足奇。

另一式,第一句改为仄仄平平平仄仄,其余不变②。

(2)平起式

平平仄仄仄平平,仄仄平平仄仄平。

仄仄平平平仄仄,平平仄仄仄平平。

平平仄仄平平仄,仄仄平平仄仄平。

仄仄平平平仄仄,平平仄仄仄平平。

长征

毛泽东

红军不怕远征难,万水千山只等闲。

五岭逶迤腾细浪,乌蒙磅礴走泥丸。

金沙水拍云崖暖,大渡桥横铁索寒。

更喜岷山千里雪,三军过后尽开颜。

---

① 漫:平声。

② 参看下文第 104 页杜甫《闻官军收河南河北》。

人民解放军占领南京

毛泽东

钟山风雨起苍黄,百万雄师过大江。
虎踞龙盘今胜昔,天翻地覆慨而慷。
宜将剩勇追穷寇,不可沽名学霸王。
天若有情天亦老,人间正道是沧桑。

登庐山

毛泽东

一山飞峙大江边,跃上葱茏四百旋。
冷眼向洋看世界,热风吹雨洒江天。
云横九派浮黄鹤,浪下三吴起白烟。
陶令不知何处去,桃花源里可耕田?

和郭沫若同志

毛泽东

一从大地起风雷,便有精生白骨堆。
僧是愚氓犹可训,妖为鬼蜮必成灾。
金猴奋起千钧棒,玉宇澄清万里埃。
今日欢呼孙大圣,只缘妖雾又重来。

另一式,第一句改为⑰平⑱仄平平仄,其余不变①。

(三)粘对②

律诗的平仄有"粘对"的规则。

对,就是平对仄,仄对平。也就是上文所说的在对句中,平仄是对立的。五律的"对",只有两副对联的形式,即:

(1)仄仄平平仄,平平仄仄平。

(2)平平平仄仄,仄仄仄平平。

七律的"对",也只有两副对联的形式,即:

(1)平平仄仄平平仄,仄仄平平仄仄平。

(2)仄仄平平平仄仄,平平仄仄仄平平。

如果首句用韵,则首联的平仄就不是完全对立的。由于韵脚的限制,也只能这样办。这样,五律的首联成为:

(1)仄仄仄平平,平平仄仄平。

或者是:

(2)平平仄仄平,仄仄仄平平。

七律的首联成为:

(1)平平仄仄仄平平,仄仄平平仄仄平。

或者是:

(2)仄仄平平仄仄平,平平仄仄仄平平。

粘,就是平粘平、仄粘仄,后联出句第二字的平仄要跟前联

---

① 参看下文第 102 页杜甫《客至》。

② 粘:读 nián。

对句第二字相一致。具体说来,要使第三句跟第二句相粘,第五句跟第四句相粘,第七句跟第六句相粘。上文所述的五律平仄格式和七律平仄格式,都是合乎这个规则的。试看毛主席的《长征》,第二句"水"字仄声,第三句"岭"字跟着也是仄声;第四句"蒙"字平声,第五句"沙"字跟着也是平声;第六句"渡"字仄声,第七句"喜"字跟着也是仄声。可见粘的规则是很严格的。

粘对的作用,是使声调多样化。如果不"对",上下两句的平仄就雷同了;如果不"粘",前后两联的平仄又雷同了。

明白了粘对的道理,可以帮助我们背诵平仄的歌诀(即格式)。只要知道了第一句的平仄,全篇的平仄都能背诵出来了。

明白了粘对的道理,又可以帮助我们了解长律的平仄。不管长律有多长,也不过是依照粘对的规则来安排平仄。

违反了粘的规则,叫做失粘①;违反了对的规则,叫做失对。在王维等人的律诗中,由于律诗尚未定型化,还有一些不粘的律诗。例如:

使至塞上

[唐]王维

单车欲问边,属国过居延。
征蓬出汉塞,归雁入胡天。
大漠孤烟直,长河落日圆。

---

① 失粘有广义,有狭义。广义的失粘指一切平仄不调的现象。狭义的失粘就是这里所讲的。

萧关逢候骑,都护在燕然①。

这里第三句和第二句不粘。到了后代,失粘的情形非常罕见。至于失对,就更是诗人们所留心避免的了。

(四)孤平的避忌

孤平是律诗(包括长律、律绝)的大忌,所以诗人们在写律诗的时候,注意避免孤平。在词曲中用到同类句子的时候,也注意避免孤平。

在五言"平平仄仄平"这个句型中,第一字必须用平声;如果用了仄声字,就是犯了孤平。因为除了韵脚之外,只剩一个平声字了。七言是五言的扩展,所以在"仄仄平平仄仄平"这个句型中,第三字如果用了仄声,也叫犯孤平②。在唐人的律诗中,绝对没有孤平的句子③。毛主席的诗词也从来没有孤平的句子。试看《长征》第二句的"千"字,第六句的"桥"字都是平声字,可为例证。

在这种情况下,如果五言第一字、七言第三字必须用仄声,

---

①燕:平声。

②注意:犯孤平指的是平脚的句子,仄脚的句子即使只有一个平声字,也不算犯孤平。如李白《宿五松山下荀媪家》"我宿五松下",只算拗句,不算孤平。又指的是"平平仄仄平"这个格式,至于像孟浩然《临洞庭上张丞相》"八月湖水平",那也是另一种拗句,不是孤平。

③杜甫《秦州杂诗》第二十首:"晒药能无妇,应门幸有儿。"《独坐》第二首:"晒药安垂老,应门试小童。"答应的应(又写作譍)在唐宋时有平、去二读,这里读平声,所以不犯孤平。参看《诗韵合璧》蒸韵譍字条。

另有一种补救办法,详见下文。

(五)特定的一种平仄格式

在五言"平平平仄仄"这个句型中,可以使用另一个格式,就是"平平仄平仄";七言是五言的扩展,所以在七言"仄仄平平平仄仄"这个句型中,也可以使用另一个格式,就是"仄仄平平仄平仄"。这种格式的特点是:五言第三四两字的平仄互换位置,七言第五六两字的平仄互换位置。注意:在这种情况下,五言第一字、七言第三字必须用平声,不再是可平可仄的了。

这种格式在唐宋的律诗中是很常见的,它和常规的诗句一样常见[1]。例[2]:

月夜

[唐]杜甫

今夜鄜州月,闺中只独看[3]。
遥怜小儿女,未解忆长安。
香雾云鬟湿,清辉玉臂寒。
何时倚虚幌,双照泪痕干!

一首诗只有两个句子是应该用"平平平仄仄"的,这里都换上了

---

①唐人的试帖诗也容许有这种平仄格式,可见它是正规的格式。
②上文79页所引林逋《山园小梅》第三句"疏影横斜水清浅",第七句"幸有微吟可相狎"两句,下文93页所引杜甫《天末怀李白》第一句"凉风起天末"也是这种情况。
③鄜:读如孚,平声。看:读如刊,平声。

"平平仄平仄"了。

这种特定的平仄格式,习惯上常常用在第七句。例如^①:

渡荆门送别

［唐］李白

渡远荆门外,来从楚国游。
山随平野尽,江入大荒流。
月下飞天镜,云生结海楼。
仍怜**故乡**水,万里送行舟。

山中寡妇^②

［唐］杜荀鹤

夫因兵死守蓬茅,麻苎衣衫鬓发焦。
桑柘废来犹纳税,田园荒尽尚征苗。
时挑野菜和根煮,旋斫生柴带叶烧^③。
任是深山更深处,也应无计避征徭^④!

现在再举毛主席的诗来证明:

---

① 下文 95 页所引陆游《夜泊水村》第七句"记取江湖泊船处",101 页所引杜甫《春日忆
李白》第七句"何时一尊酒",王维《观猎》第七句"回看射雕处",也都是这种情况。
② 一作《时世行赠田妇》。
③ 旋:去声。
④ 更:去声。

送瘟神（其二）

毛泽东

春风杨柳万千条，六亿神州尽舜尧。

红雨随心翻作浪，青山着意化为桥。

天连五岭银锄落，地动三河铁臂摇。

借问瘟君欲何往？纸船明烛照天烧。

答友人

毛泽东

九嶷山上白云飞，帝子乘风下翠微。

斑竹一枝千滴泪，红霞万朵百重衣。

洞庭波涌连天雪，长岛人歌动地诗。

我欲因之梦寥廓，芙蓉国里尽朝晖。

（六）拗救

凡平仄不依常格的句子，叫做拗句。律诗中如果多用拗句，就变了古风式的律诗（见下文）。上文所叙述的那种特定格式（五言"平平仄平仄"，七言"仄仄平平仄平仄"）也可以认为拗句之一种，但是，它被常用到那样的程度，自然就跟一般拗句不同了。现在再谈几种拗句：它在律诗中也是相当常见的，但是前面一字用"拗"，后面还必须用"救"。所谓"救"，就是补偿。一般说来，前面该用平声的地方用了仄声，后面必须（或经常）在适当的位置上补偿一个平声。下面的三种情况是比较常见的：

（a）在该用"平平仄仄平"的地方，第一字用了仄声，第三字补偿一个平声，以免犯孤平。这样就变了"仄平平仄平"。七言则是由"仄仄平平仄仄平"换成"仄仄仄平平仄平"。这是本句自救。

（b）在该用"仄仄平平仄"的地方，第四字用了仄声（或三四两字都用了仄声），就在对句的第三字改用平声来补偿。这样就成为"⊗仄⊕仄仄，⊕平平仄平"。七言则成为"⊕平⊗仄⊕仄仄，⊗仄⊕平平仄平"。这是对句相救。

（c）在该用"仄仄平平仄"的地方，第四字没有用仄声，只是第三字用了仄声。七言则是第五字用了仄声。这是半拗，可救可不救，和（a）（b）的严格性稍有不同。

诗人们在运用（a）的同时，常常在出句用（b）或（c）。这样既构成本句自救，又构成对句相救。现在试举出几个例子，并加以说明：

宿五松山下荀媪家

［唐］李白

我宿五松下，寂寥无所欢。
田家秋作苦，邻女夜舂寒。
跪进雕胡饭，月光明素盘。
令人惭漂母，三谢不能餐^①。

---

①令：平声。漂：去声。

第一句"五"字、第二句"寂"字都是该平而用仄,"无"字平声,既救第二句的第一字,也救第一句的第三字。第六句是孤平拗救,和第二句同一类型,但它只是本句自救,跟第五句无拗救关系。

天末怀李白

[唐]杜甫

凉风起天末,君子意如何?
鸿雁几时到? 江湖秋水多。
文章憎命达,魑魅喜人过①。
应共冤魂语,投诗赠汨罗!

第一句是特定的平仄格式,用"平平仄平仄"代替"⊕平平仄仄"(参看上文)。第三句"几"字仄声拗,第四句"秋"字平声救。这是(c)类。

赋得古原草送别

[唐]白居易

离离原上草,一岁一枯荣。
野火烧不尽,春风吹又生。
远芳侵古道,晴翠接荒城。
又送王孙去,萋萋满别情。

---

① 过:平声。

第三句"不"字仄声拗,第四句"吹"字平声救。这是(b)类。

咸阳城东楼

［唐］许浑

一上高楼万里愁,蒹葭杨柳似汀洲。

溪云初起日沉阁,山雨欲来风满楼。

鸟下绿芜秦苑夕,蝉鸣黄叶汉宫秋。

行人莫问当年事,故国东来渭水流。

第三句"日"字拗,第四句"欲"字拗,"风"字既救本句"欲"字,又救出句"日"字。这是(a)(c)两类相结合。

新城道中(其一)

［宋］苏轼

东风知我欲山行,吹断檐间积雨声。

岭上晴云披絮帽,树头初日挂铜钲。

野桃含笑竹篱短,溪柳自摇沙水清。

西崦人家应最乐,煮芹烧笋饷春耕。

第五句"竹"字拗,第六句"自"字拗,"沙"字既救本句的"自"字,又救出句的"竹"字。这是(a)(c)两类的结合。

夜泊水村

[宋]陆游

腰间羽箭久凋零,太息燕然未勒铭。

老子犹堪绝大漠,诸君何至泣新亭?

一身报国有万死,双鬓向人无再青!

记取江湖泊船处,卧闻新雁落寒汀。

第五句"有万"二字都拗,第六句"向"字拗,"无"字既是本句自救,又是对句相救。这是(a)(b)两类的结合。

由此看来,律诗一般总是合律的。有些律诗看来好像不合律,其实是用了拗救,仍旧合律。这种拗救的做法,以唐诗为较常见。宋代以后,讲究音律的诗人如苏轼、陆游等仍旧精于此道,我们今天当然不必模仿。但是,知道了拗救的道理,对于唐宋律诗的了解,是有帮助的。

(七)所谓"一三五不论"

关于律诗的平仄,相传有这样一个口诀:"一三五不论,二四六分明。"这是指七律(包括七绝)来说的。意思是说,第一、第三、第五字的平仄可以不拘,第二、第四、第六字的平仄必须分明。至于第七字呢,自然也是要求分明的。如果就五言律诗来说,那就应该是"一三不论,二四分明"。

这个口诀对于初学律诗的人是有用的,因为它是简单明了的。但是，它分析问题是不全面的，所以容易引起误解，这个影响很大。既然它是不全面的，就不能不予以适当的批评。

先说"一三五不论"这句话是不全面的。在五言"平平仄仄平"这个格式中，第一字不能不论；在七言"仄仄平平仄仄平"这个格式中，第三字不能不论，否则就要犯孤平。在五言"平平仄平仄"这个特定格式中，第一字也不能不论；同理，在七言"仄仄平平仄平仄"这个特定格式中，第三字也不能不论。以上讲的是五言第一字、七言第三字在一定情况下不能不论。至于五言第三字、七言第五字，在一般情况下，更是以"论"为原则了。

总之，七言仄脚的句子可以有三个字不论，平脚的句子只能有两个字不论。五言仄脚的句子可以有两个字不论，平脚的句子只能有一个字不论。"一三五不论"的话是不对的。

再说"二四六分明"这句话也是不全面的。五言第二字"分明"是对的，七言第二四两字"分明"是对的，至于五言第四字、七言第六字，就不一定"分明"。依特定格式"平平仄平仄"（五言）来看，第四字并不一定"分明"；又依"仄仄平平仄平仄"来看，第六字并不一定"分明"。又如"仄仄平平仄"这个格式也可以换成"仄仄⊕仄仄"，只须在对句第三字补偿一个平声就是了。七言由此类推。"二四六分明"的话也不是完全正确的。

（八）古风式的律诗

在律诗尚未定型化的时候，有些律诗还没有完全依照律诗

的平仄格式,而且对仗也不完全工整。例如:

黄鹤楼

[唐]崔颢

昔人已乘黄鹤去,此地空余黄鹤楼。

黄鹤一去不复返,白云千载空悠悠。

晴川历历汉阳树,芳草萋萋鹦鹉洲。

日暮乡关何处是? 烟波江上使人愁!

这诗前半首是古风的格调,后半首才是律诗。依照上文所述七律的平仄的平起式来看,第一句第四字应该是仄声而用了平声("乘"chéng),第六字应该是平声而用了仄声("鹤",古读入声),第三句第四字和第五字应该是平声而用了仄声("去不"),第四句第五字应该是仄声而用了平声("空")。当然,这所谓"应该"是从后代的眼光来看的,当时律诗既然还没有定型化,根本不产生应该不应该的问题。

后来也有一些诗人有意识地写一些古风式的律诗。例如:

崔氏东山草堂

[唐]杜甫

爱汝玉山草堂静,高秋爽气相鲜新。

有时自发钟磬响,落日更见渔樵人。

盘剥白鸦谷口粟,饭煮青泥坊底芹。

何为西庄王给事①,柴门空闭锁松筠。

作者在诗中故意违反律诗的平仄规则。第一句第六字应仄而用平("堂")②,第二句第五字应仄而用平("相"),第三句第六字应平而用仄("磬"),第四句第三四两字应平而用仄("更见"),第五、六两字应仄而用平("渔樵")。第五、六两句是"失对",因为两句都是仄起的句子。第五句的"谷"和第六句的"坊"也不合一般的平仄规则(虽然可认为拗救)。除了字数、韵脚、对仗像律诗以外③,若论平仄,这简直就是一篇古风。又如:

寿星院寒碧轩

[宋]苏轼

清风肃肃摇窗扉,窗前修竹一尺围。
纷纷苍雪落夏簟,冉冉绿雾沾人衣。
日高山蝉抱叶响,人静翠羽穿林飞。
道人绝粒对寒碧,为问鹤骨何缘肥④?

这首诗第一句第五字应仄而用平("摇"),这种三平调已经给人一种古风的感觉。第二句如果拿"⑦平④仄仄平平"来衡量,第

---

① 为:去声。
② 这还不能算是上文所述的那种特定格式,因为那种格式第三字必须用平声,这句第三字"玉"字用的是仄声(入声)。
③ "芹"字今入文韵,但杜甫时代还是真韵字,不算出韵。
④ 为:去声。

六字应平而用仄("尺"字古属入声)[1]。第三句如果拿"㊀平㊁仄㊀平仄"来衡量，第六字应平而用仄("夏")。第四句如果拿"㊁仄平平㊀仄平"来衡量，第三、第四两字应平而用仄("绿雾")，第六字应仄而用平("人")。第五句如果拿"㊀平㊁仄㊀平仄"来衡量，第四字应仄而用平("蝉")，第六字应平而用仄("叶")。第六句如果拿"㊁仄平平㊁仄平"来衡量，第三四两字应平而用仄("翠羽")，第六字应仄而用平("林")。第八句如果拿"㊁仄平平㊁仄平"来衡量，第三四两字应平而用仄("鹤骨")，第六字应仄而用平("缘")。第七句第五字("对")也不合于一般平仄规则。跟"摇窗扉"一样，"沾人衣""穿林飞""何缘肥"都是三平调，更显得是古风的格调(参看下文第六节第四小节《古体诗的平仄》)。作者又有意识地造成失对和失粘。若依上面的衡量方法，第二句是失对，第五句和第七句都是失粘。

　　古人把这种诗称为"拗体"。拗体自然不是律诗的正轨，后代模仿这种诗体的人是很少的。

第四节　律诗的对仗

(一)对仗的种类

　　词的分类是对仗的基础[2]，古代诗人们在应用对仗时所分

---

[1]这是以第二字的平仄为标准来衡量的。当然也可以拿"仄仄平平仄仄平"来衡量，不过那样也有不合平仄的地方。下同。
[2]这里所谓"词"不是诗词的"词"。词类指名词、动词等。

的词类,和今天语法上所分的词类大同小异,不过当时诗人们并没有给它们起一些语法术语罢了①。依照律诗的对仗概括起来,词大约可以分为下列的九类:

　　1.名词　2.形容词　3.数词(数目字)　4.颜色词
　　5.方位词　6.动词　7.副词　8.虚词　9.代词②

　　同类的词相为对仗。我们应该特别注意四点:(a)数目自成一类,"孤""半"等字也算是数目。(b)颜色自成一类。(c)方位自成一类,主要是"东""西""南""北"等字。这三类词很少跟别的词相对。(d)不及物动词常常跟形容词相对。

　　连绵字只能跟连绵字相对。连绵字当中又再分为名词连绵字(鸳鸯、鹦鹉等)、形容词连绵字(逶迤、磅礴等)、动词连绵字(踌躇、踊跃等)。不同词性的连绵字一般还是不能相对。

　　专名只能与专名相对,最好是人名对人名、地名对地名。

　　名词还可以细分为以下的一些小类:

　　1.天文　2.时令　3.地理　4.宫室　5.服饰　6.器用
　　7.植物　8.动物　9.人伦　10.人事　11.形体③

(二)对仗的常规——中两联对仗

　　为了说明的便利,古人把律诗的第一、二两句叫做首联,第三、

----

①有时候,也有人把字分为动字、静字。所谓静字,当时指的是今天所谓名词;所谓动字就是动词。
②代词"之""其"归入虚词。
③这十一类还不是完备的。

四两句叫做颔联,第五、六两句叫做颈联,第七、八两句叫做尾联。

对仗一般用在颔联和颈联,即第三、四句和第五、六句。现在试举几个典型的例子:

春日忆李白

〔唐〕杜甫

白也诗无敌,飘然思不群。

清新庾开府,俊逸鲍参军。

渭北春天树,江东日暮云。

何时一尊酒,重与细论文①?

("开府"对"参军",是官名对官名;"渭"对"江"〔长江〕,是水名对水名)

观猎

〔唐〕王维

风劲角弓鸣,将军猎渭城。

草枯鹰眼疾,雪尽马蹄轻。

忽过新丰市,还归细柳营。

回看射雕处②,千里暮云平。

("新丰"对"细柳",是地名对地名)

---

① 思:去声。论:平声。"清新"句和"何时"句都是拗句。这里可以看出拗句在对仗上能起作用,否则"庾开府"不能对"鲍参军"。

② 看:平声,读如刊。"回看"句是拗句。

客至

［唐］杜甫

舍南舍北皆春水，但见群鸥日日来。
花径不曾缘客扫，蓬门今始为君开①。
盘飧市远无兼味，尊酒家贫只旧醅。
肯与邻翁相对饮，隔篱呼取尽余杯。

鹦鹉

［唐］白居易

陇西鹦鹉到江东，养得经年觜渐红。
常恐思归先剪翅，每因喂食暂开笼。
人怜巧语情虽重，鸟忆高飞意不同。
应似朱门歌舞妓，深藏牢闭后房中②。

（三）首联对仗

首联的对仗是可用可不用的。首联用了对仗，并不因此减少中两联的对仗。凡是首联用对仗的律诗，实际上常常是用了总共三联的对仗。

五律首联用对仗的较多，七律首联用对仗的较少。主要原因是五律首句不入韵的较多，七律首句不入韵的较少。但是，这

---

① 为：去声。
② 重：上声。应：平声。

个原因不是绝对的,在首句入韵的情况下,首联用对仗还是可能
的。上文所引的律诗中,已有一些首联对仗的例子①。现在再
举两个例子:

春夜别友人

〔唐〕陈子昂

银烛吐青烟,金樽对绮筵。

离堂思琴瑟,别路绕山川。

明月隐高树,长河没晓天。

悠悠洛阳去,此会在何年②?

(首联对仗,首句入韵)

恨别

〔唐〕杜甫

洛城一别四千里,胡骑长驱五六年。

草木变衰行剑外,兵戈阻绝老江边。

思家步月清宵立,忆弟看云白日眠。

闻道河阳近乘胜,司徒急为破幽燕③。

(首联对仗,首句不入韵。)

---

① 如杜甫《春望》《秦州杂诗》等。

② "离堂"句连用四个平声,是特殊的拗句,是律诗尚未定型化的现象。"悠悠"句是
普通的拗句,用在第七句。

③ 骑:去声。看:平声。乘:平声。为:去声。"闻道"句是普通的拗句,用在第七句。

(四)尾联对仗

尾联一般是不用对仗的。到了尾联,一首诗要结束了;对仗是不大适宜于作结束语的。

但是,也有少数的例外。例如:

闻官军收河南河北

〔唐〕杜甫

剑外忽传收蓟北,初闻涕泪满衣裳。
却看妻子愁何在①?漫卷诗书喜欲狂!
白日放歌须纵酒,青春作伴好还乡。
即从巴峡穿巫峡,便下襄阳向洛阳。

这诗最后两句是一气呵成的,是一种流水对(关于流水对,详见下文)。还是和一般对仗不大相同的②。

(五)少于两联的对仗

律诗固然以中两联对仗为原则,但是在特殊情况下,对仗可以少于两联。这样,就只剩下一联对仗了。

---

①看:平声。

②全篇用对仗(首联、颔联、颈联、尾联都用对仗),也是比较少见的。例如杜甫《垂白》:"垂白冯唐老,清秋宋玉悲。江喧长少睡,楼迥独移时。多难身何补?无家病不辞!甘从千日醉,未许七哀诗。"但是尾联半对半不对的就比较多见。例如杜甫《登高》尾联是:"艰难苦恨繁霜鬓,潦倒新停浊酒杯。"

这种单联对仗,比较常见的是用于颈联①。例如:

塞下曲(其一)

[唐]李白

五月天山雪,无花只有寒。
笛中闻折柳,春色未曾看。
晓战随金鼓,宵眠抱玉鞍。
愿将腰下剑,直为斩楼兰②。

与诸子登岘山

[唐]孟浩然

人事有代谢,往来成古今。
江山留胜迹,我辈复登临。
水落鱼梁浅,天寒梦泽深。
羊公碑尚在,读罢泪沾襟。

(六)长律的对仗

长律的对仗和律诗同,只有尾联不用对仗,首联可用可不用,其余各联一律用对仗。例如:

---

① 也可以用于颔联。如李白《宿五松山下荀媪家》(见 92 页)。甚至可以全首不用对仗。如李白《夜泊牛渚怀古》,因为不是常规,所以不详谈了。
② 看:平声。为:去声。

守睢阳诗

[唐]张巡

接战春来苦,孤城日渐危。

合围侔月晕,分守若鱼丽。

屡厌黄尘起,时将白羽麾。

裹创犹出阵,饮血更登陴。

忠信应难敌,坚贞谅不移。

无人报天子,心计欲何施①!

学诸进士作精卫衔石填海

[唐]韩愈

鸟有偿冤者,终年抱寸诚。

口衔山石细,心望海波平。

渺渺功难见,区区命已轻。

人皆讥造次,我独赏专精。

岂计休无日,惟应尽此生②。

何惭刺客传,不著报仇名!

(七)对仗的讲究

律诗的对仗,有许多讲究,现在拣重要的谈一谈。

———————

① "丽" "创",都是平声。末联出句"平平仄平仄",是特定的平仄格式,用在这里等于律诗的第七句。

② 应:平声。

（1）工对

凡同类的词相对，叫做工对。名词既然分为若干小类，同一小类的词相对，更是工对。有些名词虽不同小类，但是在语言中经常平列，如天地、诗酒、花鸟等，也算工对。反义词也算工对。例如李白《塞下曲》的"晓战随金鼓，宵眠抱玉鞍"，就是工对。

句中自对而又两句相对，算是工对。像杜甫诗中的"国破山河在，城春草木深"，山与河是地理，草与木是植物，对得已经工整了，于是地理对植物也算工整了。

在一个对联中，只要多数字对得工整，就是工对。例如毛主席《送瘟神》（其二）："红雨随心翻作浪，青山着意化为桥。天连五岭银锄落，地动三河铁臂摇。""红"对"青"，"着意"对"随心"，"翻作"对"化为"，"天连"对"地动"，"五岭"对"三河"，"银"对"铁"，"落"对"摇"，都非常工整；而"雨"对"山"，"浪"对"桥"，"锄"对"臂"，名词对名词，也还是工整的。

超过了这个限度，那不是工整，而是纤巧。一般地说，宋诗的对仗比唐诗纤巧，但是宋诗的艺术水平反而比较低。

同义词相对，似工而实拙。《文心雕龙》说："反对为优，正对为劣①。"同义词比一般正对自然更"劣"。像杜甫《客至》："花径不曾缘客扫，蓬门今始为君开"，"缘"与"为"就是同义词。因为它们是虚词（介词），不是实词，所以不算缺点。再说，在一首诗中，偶然用一对同义词也不要紧，多用就不妥当了。出句与对句完全同义（或基本上同义），叫做"合掌"，更是诗家的大忌。

---

①刘勰：《文心雕龙·丽辞》。

（2）宽对

形式服从于内容，诗人不应该为了追求工对而损害了思想内容。同一诗人，在这一首诗中用工对，在另一首诗用宽对，那完全是看具体情况来决定的。

宽对和工对之间有邻对，即邻近的事类相对。例如天文对时令，地理对宫室，颜色对方位，同义词对连绵字，等等。王维《使至塞上》："征蓬出汉塞，归雁入胡天"，以"天"对"塞"是天文对地理；陈子昂《春夜别友人》："离堂思琴瑟，别路绕山川"，以"路"对"堂"是地理对宫室。这类情况是很多的。

稍为更宽一点，就是名词对名词，动词对动词，形容词对形容词等，这是最普通的情况。

又更宽一点，那就是半对半不对了。首联的对仗本来可用可不用，所以首联半对半不对自然是可以的。陈子昂的"**匈奴犹未灭，魏绛复从戎**"，李白的"**渡远荆门外**，来从**楚国游**"就是这种情况。如果首句入韵，半对半不对的情况就更多一些。颔联的对仗本来就不像颈联那样严格，所以半对半不对也是比较常见的。杜甫的"**遥怜小儿女，未解忆长安**"就是这种情况。现在再举毛主席的诗为证：

赠柳亚子先生

毛泽东

饮茶粤海未能忘，索句渝州叶正黄。

三十一年还旧国，落花时节读华章①。

牢骚太盛防肠断，风物长宜放眼量。

莫道昆明池水浅，观鱼胜过富春江。

（3）**借对**

一个词有两个意义，诗人在诗中用的是甲义，但是同时借用它的乙义来与另一词相为对仗，这叫借对。例如杜甫《巫峡敝庐奉赠侍御四舅》"行李淹吾舅，诛茅问老翁"，"行李"的"李"并不是桃李的"李"，但是诗人借用桃李的"李"的意义来与"茅"字作对仗。又如杜甫《曲江》"酒债寻常行处有，人生七十古来稀"，古代八尺为寻，两寻为常，所以借来对数目字"七十"。

有时候，不是借意义，而是借声音。借音多见于颜色对，如借"篮"为"蓝"，借"皇"为"黄"，借"沧"为"苍"，借"珠"为"朱"，借"清"为"青"等。杜甫《恨别》："思家步月清宵立，忆弟看云白日眠"，以"清"对"白"，又《赴青城县出成都寄陶王二少尹》："东郭沧江合，西山白雪高"，以"沧"对"白"，就是这种情况。

（4）**流水对**

对仗，一般是平行的两句话，它们各有独立性。但是，也有一种对仗是一句话分成两句说，其实十个字或十四个字只是一个整体，出句独立起来没有意义，至少是意义不全。这叫流水对。现在从上文所引过的诗篇中摘出下面的一些例子：

---

① "三十一年"和"落花时节"，在整个意思上还是对仗。特别是"年"和"节"，本来是时令对。

即从巴峡穿巫峡，便下襄阳向洛阳。（杜甫）

人怜巧语情虽重，鸟忆高飞意不同。（白居易）

塞上长城空自许，镜中衰鬓已先斑。（陆游）

总之，律诗的对仗不像平仄那样严格，诗人在运用对仗时有更大的自由。艺术修养高的诗人常常能够成功地运用工整的对仗，来做到更好地表现思想内容，而不是损害思想内容。遇必要时，也能够摆脱对仗的束缚来充分表现自己的意境。无原则地追求对仗的纤巧，那就是庸俗的作风了。

第五节　绝句

上文说过，绝句应该分为律绝和古绝。律绝是律诗兴起以后才有的，古绝远在律诗出现以前就有了。这里我们就把两种绝句分开来讨论。

（一）律绝

律绝跟律诗一样，押韵限用平声韵脚，并且依照律句的平仄，讲究粘对。

（甲）五言绝句

（1）仄起式

　　㊣仄平平仄，平平仄仄平。

　　㊢平平仄仄，㊣仄仄平平。

登鹳雀楼

［唐］王之涣

白日依山尽,黄河入海流。

欲穷千里目,更上一层楼。

另一式,第一句改为⑭仄仄平平,其余不变。

(2)平起式

㊊平平仄仄,⑭仄仄平平。

⑭仄平平仄,平平仄仄平。

听筝

［唐］李端

鸣筝金粟柱,素手玉房前。

欲得周郎顾,时时误拂弦。

另一式,第一句改为平平仄仄平,其余不变。

(乙)七言绝句

(1)仄起式

⑭仄平平仄仄平,㊊平⑭仄仄平平。

㊊平⑭仄平平仄,⑭仄平平仄仄平。

为女民兵题照

毛泽东

飒爽英姿五尺枪,曙光初照演兵场。
中华儿女多奇志,不爱红装爱武装。

另一式,第一句改为⊗仄⊕平平仄仄,其余不变。

(2)平起式

⊕平⊗仄仄平平,⊗仄平平仄仄平。
⊗仄⊕平平仄仄,⊕平⊗仄仄平平。

早发白帝城

[唐]李白

朝辞白帝彩云间,千里江陵一日还。
两岸猿声啼不住,轻舟已过万重山。

另一式,第一句改为⊕平⊗仄平平仄,其余不变。

跟律诗一样,五言绝句首句以不入韵为常见,七言绝句首句以入韵为常见;五言绝句以仄起为常见,七言绝句以平起为常见[①]。

跟律诗一样,律绝必须依照韵书的韵部押韵。晚唐以后,首句用邻韵是容许的。

---

① 依平仄类型来看,七言平起式等于五言仄起式,七言仄起式等于五言平起式。五言平起式相当少见,七言仄起式则比较平起式稍为少些罢了。

跟律诗一样,律绝可以用特定的格式①。例如:

宿建德江

[唐]孟浩然

移舟泊烟渚②,日暮客愁新。
野旷天低树,江清月近人。

饮湖上初晴后雨

[宋]苏轼

水光潋滟晴方好,山色空濛雨亦奇。
欲把西湖比西子,淡装浓抹总相宜③。

跟律诗一样,律绝要避免孤平。五言"平平仄仄平"第一字
用了仄声,则第三字必须是平声;七言"仄仄平平仄仄平"第三字
用了仄声,则第五字必须是平声。例如:

夜宿山寺

[唐]李白

危楼高百尺,手可摘星辰。

---

① 五言除平平仄仄平仄以外,还有一种比较罕见的拗句是仄仄平仄仄;七言除仄平平仄平仄以外,还有一种比较罕见的拗句是平平仄仄平仄仄。这一点也与律诗相同。李商隐《登乐游原》"向晚意不适,驱车登古原",就是这种情况。
② 泊:入声。烟:平声。
③ 比:上声。西:平声。

不敢高声语,恐惊天上人①。

回乡偶书

[唐]贺知章

少小离家老大回,乡音无改鬓毛衰。

儿童相见不相识,笑问客从何处来②。

("不""客"二字拗,"何"字救,参看上文)

绝句,原则上可以不用对仗。上面所引八首绝句当中,就有五首是不用对仗的。现在再举两个例子:

泊秦淮

[唐]杜牧

烟笼寒水月笼沙,夜泊秦淮近酒家。

商女不知亡国恨,隔江犹唱后庭花。

塞下曲(其二)

[唐]卢纶

月黑雁飞高,单于夜遁逃。

欲将轻骑逐,大雪满弓刀。

如果用对仗,往往用在首联。上面所引的绝句已有一首(苏轼

---

①恐:上声。天:平声。

②不、客:入声。何:平声。

《饮湖上初晴后雨》)是在首联用对仗的,现在再举两首为例:

八阵图

[唐]杜甫

功盖三分国,名成八阵图。
江流石不转,遗恨失吞吴。

郿坞

[宋]苏轼

衣中甲厚行何惧?坞里金多退足凭。
毕竟英雄谁得似?脐脂自照不须灯!

但是,尾联用对仗,也不是少见的。像上文所引孟浩然的《宿建德江》,就是尾联用对仗的。首尾两联都用对仗,也就是全篇用对仗,也不是少见的。上面所引王之涣《登鹳雀楼》是全篇用对仗的。下面再引两个例子,一个是首联半对半不对,一个是全篇完全用对仗:

塞下曲

[唐]李益

伏波唯愿裹尸还,定远何须生入关?
莫遣只轮归海窟,仍留一箭射天山。

绝句四首（其三）

[唐]杜　甫

两个黄鹂鸣翠柳，一行白鹭上青天。

窗含西岭千秋雪，门泊东吴万里船。

有人说，"绝句"就是截取律诗的四句，这话如果用来解释"绝句"名称的来源，那是不对的，但是以平仄对仗而论，绝句确是截取律诗的四句：或截取前后二联，不用对仗；或截取中二联，全用对仗；或截取前二联，首联不用对仗；或截取后二联，尾联不用对仗。

（二）古绝

古绝既然是和律绝对立的，它就是不受律诗格律束缚的。它是古体诗的一种。凡合于下面的两种情况之一的，应该认为是古绝：

（1）用仄韵；

（2）不用律句的平仄，有时还不粘、不对。当然，有些古绝是两种情况都具备的。

上文说过，律诗一般是用平声韵的，因此，律绝也是用平声韵的。如果用了仄声韵，那就可以认为古绝。例如：

悯农（二首）

[唐]李绅

春种一粒粟，秋成万颗子。

四海无闲田,农夫犹饿死。
　　　　　　　　　△

锄禾日当午,汗滴禾下土。
　·　·　　△　　　　　·　△
谁知盘中餐,粒粒皆辛苦!
·　·　·　　　　·　·　　△

江上渔者

[宋]范仲淹

江上往来人,但爱鲈鱼美。
　　　　　　　　　　　△
君看一叶舟①,出没风波里!
·　·　·　　　·　·　·　△

　　从上面所引的三首绝句中,已经可以看出,古绝是可以不依律句的平仄的。李绅《悯农》的"春种"句一连用了三个仄声,"谁知"句一连用了五个平声。范仲淹的《江上渔者》用了四个律句,但是首联平仄不对,尾联出句不粘,也还是不合律诗的规则的。

　　即使用了平声韵,如果不用律句,也只能算是古绝。例如:

夜思

[唐]李白

床前明月光,疑是地上霜。
　·
举头望明月,低头思故乡。
　·

----

①看:平声。

"疑是"句用"平仄仄仄平",不合律句。"举头"句不粘,"低头"句不对,所以是古绝。

五言古绝比较常见,七言古绝比较少见。现在试举杜甫的两首七言古绝为例:

三绝句(选二)

[唐]杜甫

二十一家同入蜀,惟残一人出骆谷。
自说二女啮臂时,回头却向秦云哭。

殿前兵马虽骁雄,纵暴略与羌浑同。
闻道杀人汉水上,妇女多在官军中。

第一首"惟残"句用"平平仄平仄仄仄","自说"句用"仄仄仄仄仄仄平"不合律句。尾联与首联不粘,而且用了仄声韵。第二首"纵暴"句用"仄仄仄仄平平平","妇女"句用"仄仄平仄平平平",都不合律句。"殿前"句也不尽合。

当然,古绝和律绝的界限并不是十分清楚的,因为在律诗兴起了以后,即使写古绝,也不能完全不受律句的影响。这里把它们分为两类,只是要说明绝句既不可以完全归入古体诗,也不可以完全归入近体诗罢了。

第六节　古体诗

古体诗除了押韵之外不受任何格律的束缚，这是一种半自由体的诗。现在把古体诗的韵、平仄、对仗等，并在一节里叙述。

（一）古体诗的韵

古体诗既可以押平声韵，又可以押仄声韵。在仄声韵当中，还要区别上声韵、去声韵、入声韵。一般地说，不同声调是不可以押韵的。我们在本章第二节讲律诗的韵的时候，已经把平声30韵交代过了，现在再把上声29韵、去声30韵、入声17韵开列在下面：

上声29韵：

一董	二肿	三讲
四纸	五尾	六语
七麌	八荠	九蟹
十贿	十一轸	十二吻
十三阮	十四旱	十五潸
十六铣	十七篠	十八巧
十九皓	二十哿	二十一马
二十二养	二十三梗	二十四迥
二十五有	二十六寝	二十七感

二十八俭　　二十九豏①

去声 30 韵：

一送	二宋	三绛
四寘	五未	六御
七遇	八霁	九泰
十卦	十一队	十二震
十三问	十四愿	十五翰
十六谏	十七霰	十八啸
十九效	二十号	二十一箇
二十二祃	二十三漾	二十四敬
二十五径	二十六宥	二十七沁
二十八勘	二十九艳	三十陷②

入声 17 韵：

一屋	二沃	三觉
四质	五物	六月
七曷	八黠	九屑
十药	十一陌	十二锡
十三职	十四缉	十五合
十六葉	十七洽	

古体诗用韵，比律诗稍宽；一韵独用固然可以，两个以上的韵

---

①豏，读 yǔ；荠，读 jì；潸，读 shān；铣，读 xiǎn；篠，读 xiǎo；哿，读 gě，豏，读 xiàn。
②寘，读 zhì；霰，读 xiàn；祃，读 mà；沁，读 qìn。

通用也行。但是,所谓通用也不是随便乱来的,必须是邻韵才能通用。依一般情况看来,平、上、去三声各可分为十五类,如下表:

第一类:平声东冬;上声董肿;去声送宋。

第二类:平声江阳;上声讲养;去声绛漾。

第三类:平声支微齐,上声纸尾荠,去声寘未霁。

第四类:平声鱼虞,上声语麌;去声御遇。

第五类:平声佳灰,上声蟹贿,去声泰卦队。

第六类:平声真文及元半,上声轸吻及阮半,去声震问及愿半①。

第七类②:平声寒删先及元半,上声旱潸铣及阮半,去声翰谏霰及愿半。

第八类:平声萧肴豪,上声篠巧皓,去声啸效号。

第九类:平声歌,上声哿,去声箇。

第十类:平声麻,上声马,去声祃。

第十一类:平声庚青,上声梗迥,去声敬径。

第十二类:平声蒸③。

第十三类:平声尤,上声有,去声宥。

第十四类:平声侵,上声寝,去声沁。

第十五类:平声覃盐咸,上声感俭豏,去声勘艳陷。

---

①这里所说的元半、阮半、愿半及下面所说的月半,具体的字可参看附录《诗韵举要》。

②第六类和第七类也可以通用。

③蒸韵上去声字少,归入迥径两韵。

入声可分为八类：

第一类：屋沃。

第二类：觉药。

第三类：质物及月半。

第四类①：曷黠屑及月半。

第五类：陌锡。

第六类：职。

第七类：缉。

第八类：合葉洽。

注意：在归并为若干大类以后，仍旧有七个韵是独用的。这七个韵是：

歌　麻　蒸　尤　侵　职　缉②

现在试举一些例子为证：

古风五十九首（录二）

［唐］李白

其十四

胡关饶风沙，萧索竟终古。
　　　　　　　　　△

---

①第三类和第四类也可以通用。
②不举上去声韵，因为在这七个韵当中，除尤韵的上声有韵外，其余上去声韵是罕用的。

木落秋草黄，登高望戎虏。
　　　　　　　　　△
荒城空大漠，边邑无遗堵。
　　　　　　　　△
白骨横千霜，嵯峨蔽榛莽①。
　　　　　　　　　△
借问谁侵陵？天骄毒威武。
　　　　　　　　△
赫怒我圣皇，劳师事鼙鼓。
　　　　　　　　△
阳和变杀气，发卒骚中土。
　　　　　　　　△
三十六万人，哀哀泪如雨。
　　　　　　　　△
且悲就行役，安得营农圃？
　　　　　　　　　△
不见征戍儿，岂知关山苦？
　　　　　　　　　△
李牧今不在，边人饲豺虎。
　　　　　　　　△

（全篇麌韵独用。）

其十九

西上莲花山，迢迢见明星。
　　　　　　　　△
素手把芙蓉，虚步蹑太清。
　　　　　　　　△
霓裳曳广带，飘拂升天行。
　　　　　　　　△
邀我登云台，高揖卫叔卿。
　　　　　　　　△
恍恍与之去，驾鸿凌紫冥。
　　　　　　　　△
俯视洛阳川，茫茫走胡兵。
　　　　　　　　△
流血涂野草，豺狼尽冠缨。
　　　　　　　　△

（"清""行""卿""兵""缨"，庚韵；"星""冥"，青韵）

---

①莽：读 mǔ。

伤宅

[唐]白居易

谁家起甲第，朱门大道边？
△

丰屋中栉比，高墙外回环。
△

累累六七堂，栋宇相连延。
△

一堂费百万，郁郁有青烟。
△

洞房温且清，寒暑不能干。
△

高堂虚且迥，坐卧见南山。
△

绕廊紫藤架，夹砌红药栏。
△

攀枝摘樱桃，带花移牡丹。
△

主人此中坐，十载为大官。
△

厨有腐败肉，库有朽贯钱。
△

谁能将我语，问尔骨肉间：

岂无穷贱者？忍不救饥寒？
△

如何奉一身，直欲保千年？
△

不见马家宅，今作奉诚园？
△

（"边""延""烟""钱""年"，先韵；"园"，元韵；"干""栏"
"丹""官""寒"，寒韵；"环""山""间"，删韵）

醉歌

[宋]陆游

读书三万卷，仕宦皆束阁；
△

学剑四十年，虏血未染锷。
△

不得为长虹，万丈扫寥廓；

又不为疾风，六月送飞雹。
△

战马死槽枥，公卿守和约。
△

穷边指淮淝，异域视京雒。
△

於乎此何心？有酒吾忍酌？
△

平生为衣食，敛版靴两脚。
△

心虽了是非，口不给唯诺。
△

如今老且病，鬓秃牙齿落。
△

仰天少吐气，饿死实差乐！

壮心埋不朽，千载犹可作！
△

（"雹"，觉韵；其余的韵脚都是药韵）

从上面这些例子可以看出，古体诗虽然可以通韵，但是诗人们不一定每次都用通韵。例如李白《古风》第十四首就以麌韵独用，不杂语韵字。特别要注意的是：上声和去声有时可以通韵，但是平仄不能通韵，入声字更不能与其他各声通韵。试看陆游《醉歌》除了一个"雹"字，一律都用药韵字。就拿"雹"字来说，它也是入声，并且是觉韵字。觉、药是邻韵，本来可以跟药韵相通的。

古体诗的用韵，是因时代而不同的。实际语音起了变化，押韵也就不那么严格。中晚唐用韵已经稍宽，到了宋代以后，古风的用韵就更宽了。

(二)柏梁体

有一种七言古诗是每句押韵的,称为柏梁体。据说汉武帝建筑柏梁台,与群臣联句赋诗,句句用韵,所以这种诗称为柏梁体。其实鲍照以前的七言诗(如曹丕的《燕歌行》)都是句句用韵的,古代并非另有一种隔句用韵的七言诗。等到南北朝以后,七言诗变为隔句用韵了,句句用韵的七言诗才变了特殊的诗体。

下面是柏梁体的一个例子:

饮中八仙歌

[唐]杜甫

知章骑马似乘船,眼花落井水底眠。

汝阳三斗始朝天,道逢麹车口流涎,恨不移封向酒泉。

左相日兴费万钱,饮如长鲸吸百川,衔杯乐圣称避贤。

宗之潇洒美少年,举觞白眼望青天,皎如玉树临风前。

苏晋长斋绣佛前,醉中往往爱逃禅。

李白一斗诗百篇,长安市上酒家眠。

天子呼来不上船,自称臣是酒中仙。

张旭三杯草圣传,脱帽露顶王公前,挥毫落纸如云烟。

焦遂五斗方卓然,高谈雄辩惊四筵。

也有一些七言古诗,基本上是柏梁体,但是稍有变通。例如:

丽人行

［唐］杜甫

三月三日天气新，长安水边多丽人。

态浓意远淑且真，肌理细腻骨肉匀。

绣罗衣裳照暮春，蹙金孔雀银麒麟。

头上何所有？翠微匐叶垂鬓唇。

背后何所见？珠压腰衱稳称身。

就中云幕椒房亲，赐名大国虢与秦。

紫驼之峰出翠釜，水精之盘行素鳞。

犀箸厌饫久未下，鸾刀缕切空纷纶。

黄门飞鞚不动尘，御厨络绎送八珍。

箫鼓哀吟感鬼神，宾从杂遝实要津。

后来鞍马何逡巡，当轩下马入锦茵。

杨花雪落覆白蘋，青鸟飞去衔红巾。

炙手可热势绝伦，慎莫近前丞相嗔。

（三）换韵

律诗是一韵到底的。古体诗固然可以一韵到底[①]，但也可以换韵，而且可以换几次韵。换韵的方式是多种多样的，可以每两句一换韵，四句一换韵，六句一换韵，也可以多到十几句才换

[①]柏梁体必须一韵到底。

韵;可以连用两个平声韵,连用两个仄声韵,也可以平仄韵交替。

现在举几个例子:

石壕吏

[唐]杜甫

暮投石壕村,有吏夜捉人。
_{△1}　　　　　_{△1}

老翁逾墙走,老妇出门看①。
　　　　　　　　_{△1}

吏呼一何怒! 妇啼一何苦!
　　　　_{△2}　　　　_{△2}

听妇前致词,三男邺城戍。
　　　　　　_{△2}

一男附书至,二男新战死。
　_{△3}　　　_{△3}

存者且偷生,死者长已矣!
　　　　　　　_{△3}

室中更无人,惟有乳下孙。
　　_{△4}　　　_{△4}

有孙母未去,出入无完裙。
　　　　　　_{△4}

老妪力虽衰,请从吏夜归。
　_{△5}　　　_{△5}

急应河阳役,犹得备晨炊。
　　　　　　_{△5}

夜久语声绝,如闻泣幽咽。
　_{△6}　　　_{△6}

天明登前途,独与老翁别。
　　　　　　_{△6}

("村",元韵;"人",真韵;"看",寒韵。真、元、寒通韵。

"怒""戍",遇韵;"苦",麌韵。麌、遇上去通韵。"至",

───────────────

①一本作"出看门"。

真韵;"死""矣",纸韵。纸、真上去通韵。"人",真韵;"孙",元韵;"裙",文韵。真、文、元通韵。"衰""炊",支韵;"归",微韵。支、微通韵。"绝""咽""别",屑韵)

白雪歌

[唐]岑参

北风卷地白草折,胡天八月即飞雪。
△1　　　　　　　　△1

忽如一夜春风来,千树万树梨花开。
△2　　　　　　　　△2

散入珠帘湿罗幕,狐裘不暖锦衾薄。
△3　　　　　　　　△3

将军角弓不得控,都护铁衣冷难着。
△3

瀚海阑干百丈冰,愁云惨淡万里凝。
△4　　　　　　　　△4

中军置酒饮归客,胡琴琵琶与羌笛。
△5　　　　　　　　△5

纷纷暮雪下辕门,风掣红旗冻不翻。
△6　　　　　　　　△6

轮台东门送君去,去时雪满天山路。
△7　　　　　　　　△7

山回路转不见君,雪上空留马行处。
△7

("折""雪",屑韵。"来""开",灰韵。"幕""薄""着",药韵。"冰""凝",蒸韵。"客",陌韵;"笛",锡韵。陌、锡通韵。"门""翻",元韵。"去""处",御韵;"路",遇韵。御、遇通韵)

注意:换韵的第一句,一般总是押韵的。近体诗首句往往押韵,古体诗在这一点可能是受了近体诗的影响。

(四)古体诗的平仄

古体诗的平仄并没有任何规定。既然唐代以前的诗在平仄上没有明确的规则,那么,唐宋以后所谓古风在平仄上也应该完全是自由的。但是,有些诗人在写古体诗的时候,着意避免律句,于是无形中造成一种风气,要让古体诗尽可能和律诗的形式区别开来,区别得越明显越好,以为这样才显得风格高古。具体的做法是尽可能多用拗句,不但用律诗所容许的那一两种拗句,而且用一切可能的拗句。我们可以从两方面看拗句:

(1)从三字尾看,常见的拗句有下列的四种三字尾:

(a)平平平。这种句式叫做三平调,是古体诗中最明显的特点。

(b)平仄平。

(c)仄仄仄。

(d)仄平仄。

(2)从全句的平仄看,拗句的平仄不是交替的,而是相因的。或者是第二、第四字都仄,或者是第二、第四字都平。如果是七字句,还有第四、第六字都仄或都平。

试拿岑参《白雪歌》开始的八句来看,合乎第一种情况的有三句,即"胡天八月即飞雪","忽如一夜春风来","狐裘不暖锦衾薄",合乎第二种情况(同时也合乎第一种情况)的有五句,即"北风卷地白草折","千树万树梨花开","散入珠帘湿罗幕","将军角弓不得控","都护铁衣冷难着"。

现在再举一个例子：

岁晏行

[唐]杜甫

岁云暮矣多北风，潇湘洞庭白雪中。

渔父天寒网罟冻，莫徭射雁鸣桑弓。

去年米贵阙军食，今年米贱大伤农。

高马达官厌酒肉，此辈杼轴茅茨空。

楚人重鱼不重鸟，汝休枉杀南飞鸿。

况闻处处鬻男女，割慈忍爱还租庸。

往日用钱捉私铸，今许铅锡和青铜。

刻泥为之最易得，好恶不合长相蒙。

万国城头吹画角，此曲哀怨何时终？

在这一首诗中，只有两个律句（"今年米贱大伤农""万国城头吹画角"），其余都是拗句，而且在九个平脚的句子当中就有七句是三平调。可见不是偶然的。

当然，不拘粘对也是古体诗的特点之一，这里不详细讨论了。

(五)古体诗的对仗

古体诗的对仗是极端自由的。一般不讲究对仗，如果有些地方用了对仗，也只是修辞上的需要，而不是格律上的要求。像杜甫《岁晏行》这样一首相当长的诗,全篇没有用一处对仗;岑参《白雪歌》只用了一个对仗,即"将军角弓不得控,都护铁衣冷难着",也还只是一种宽对。并且要注意:古体诗的对仗和近体诗的对仗有下列的两点不同:

(1)在近体诗中,同字不相对;古体诗则同字可以相对。如杜甫《石壕吏》:"**老**翁逾墙走,**老**妇出门看。"

(2)在近体诗中,对仗要求平仄相对,古体诗则不要求平仄相对。如白居易《伤宅》:"**攀枝**摘樱桃,**带花**移牡丹。"又如岑参《白雪歌》:"将军**角弓**不得控,都护**铁衣**冷难着①。"

古代诗人们在近体诗中对仗求其工,在古体诗中对仗求其拙。在他们看来,拙和高古是有关系的。其实并不必着意求拙,只须纯任自然,不受任何束缚就好了。

(六)长短句(杂言诗)

我们在第一节里讲过,古体诗有杂言的一体。杂言,也就是长短句,从三言到十一言,可以随意变化。不过,篇中多数句子还是七言,所以杂言算是七言古诗。

杂言诗由于句子的长短不受拘束,首先就给人一种奔放排奡的感觉。最擅长杂言诗的诗人是李白,他在诗中兼用散文的语法,更加令人感觉到,这是跟一般五七言古诗完全不同的一种诗体。现在试举他的一首杂言诗为例:

---

①黑体字是平声字或仄声字自相为对。

蜀道难

[唐]李白

噫吁嚱,危乎高哉! 蜀道之难难于上青天! 蚕丛及鱼凫,开国何茫然! 尔来四万八千岁,不与秦塞通人烟。西当太白有鸟道,可以横绝峨眉巅。地崩山摧壮士死,然后天梯石栈相钩连。上有六龙回日之高标,下有冲波逆折之回川。黄鹤之飞尚不得过,猿猱欲度愁攀援[①]。青泥何盘盘! 百步九折萦岩峦。扪参历井仰胁息,以手抚膺坐长叹[②]。问君西游何时还? 畏途巉岩不可攀。但见悲鸟号古木,雄飞雌从绕林间。又闻子规啼夜月,愁空山。蜀道之难难于上青天,使人听此凋朱颜。连峰去天不盈尺,枯松倒挂倚绝壁。飞湍瀑流争喧豗,砯崖转石万壑雷。其险也若此,嗟尔远道之人胡为乎来哉? 剑阁峥嵘而崔嵬,一夫当关,万夫莫开。所守或匪亲,化为狼与豺。朝避猛虎,夕避长蛇;磨牙吮血,杀人如麻。锦城虽云乐,不如早还家。蜀道之难难于上青天,侧身西望长咨嗟。

(七) 入律的古风

讲到这里,古体诗和近体诗的分别非常明显了。但是,并不是所有的古体诗都和近体诗迥然不同的。上文说过,律诗产生以后,诗人们即使写古体诗,也不可能完全不受律诗的影响。有

---

①援:一作"缘"。
②叹:平声,读如"滩"。

些诗人在写古体诗时还注意粘对（只管第二字，不管第四字），另有一些诗人，不但不避律句，而且还喜欢用律句。这种情况，在七言古风中更为突出。我们试看初唐王勃所写的著名的《滕王阁》诗：

滕王阁

[唐]王勃

滕王高阁临江渚，佩玉鸣鸾罢歌舞。
画栋朝飞南浦云，珠帘暮卷西山雨。
闲云潭影日悠悠，物换星移几度秋。
阁中帝子今何在？槛外长江空自流！

这首诗平仄合律，粘对基本上合律①，简直是两首律绝连在一起，不过其中一首是仄韵绝句罢了。注意：这种仄韵与平韵的交替，四句一换韵，到后来成为入律古风的典型。高适、王维等人的七言古风，基本上是依照这个格式的。现在试举高适的一个例子：

燕歌行

[唐]高适

汉家烟尘在东北，汉将辞家破残贼。
男儿本自重横行，天子非常赐颜色。
摐金伐鼓下榆关，旌旆逶迤碣石间。

---

① "阁中"句不粘，是由于初唐律诗尚未定型化，上文讨论王维的诗时已经讲到。

校尉羽书飞瀚海,单于猎火照狼山。

山川萧条极边土,胡骑凭陵杂风雨①。

战士军前半死生,美人帐下犹歌舞。

大漠穷秋塞草衰,孤城落日斗兵稀。

身当恩遇常轻敌,力尽关山未解围。

铁衣远戍辛勤久,玉箸应啼别离后②。

少妇城南欲断肠,征人蓟北空回首。

边风飘飘那可度,绝域苍茫更何有?

杀气三时作阵云,寒声一夜传刁斗。

相看白刃血纷纷,死节从来岂顾勋?

君不见沙场征战苦③,至今犹忆李将军!

这一首古风有很多的律诗特点,主要表现在:

（1）篇中各句基本上都是律句,或准律句（即仄仄平平仄平仄）。

（2）基本上依照粘对的规则,特别是出句和对句的平仄完全是对立的。

（3）基本上四句一换韵,每段都像一首平韵绝句或仄韵绝句;其中有一韵是八句的,像仄韵律诗。

（4）仄声韵与平声韵完全是交替的。

（5）韵部完全依照韵书,不用通韵。

---

①骑:去声。

②后:上声。

③"君不见",这是七言古诗中常见的句首语。这句话应看作三字加五字。

（6）大量地运用对仗，而且多数是工对。

就古风入律不入律这一点看，高适、王维是一派（入律），后来白居易、陆游等人是属于这一派的；李白、杜甫是另一派（不入律），后来韩愈、苏轼是属于这另一派的。白居易、元稹等人所提倡的"元和体"，实际上是把入律的古风加以灵活的运用罢了。

由上所述，我们可以看见，在古体诗的名义下，有各种不同的体裁，其中有些体裁相互间显示着很大的差别。杂言古体诗与入律的古风可以说是两个极端。五言古诗与七言古诗也不相同：五古不入律的较多，七古入律的较多。当然也有例外，像柏梁体就不可能是入律的古风。从各种不同的角度去看各种"古风"，才不至于怀疑它们的格律是不可捉摸的。

第六章　五言绝句和七言绝句

第一节　五言绝句

绝句都是四句。五言绝句可以分为律绝和古绝两种。现在先谈律绝。律绝一般只用平声韵,而平仄格式则有四种。第三章里所讲的平仄格式是第一种:

⊛仄平平仄　平平仄仄平
　　　　　　　　　△
⊛平平仄仄　⊛仄仄平平
　　　　　　　　　△

这里有四种句式:第一种句式是平仄脚,第二种句式是仄平脚,第三种句式是仄仄脚,第四种句式是平平脚。这四种句式是所有变化的基础,四种五言绝句都是由这四种句式错综变化而成的。

第二种五言绝句只是把第一种的前半首和后半首对调了一下:

⊛平平仄仄　⊛仄仄平平
　　　　　　　　　△
⊛仄平平仄　平平仄仄平
　　　　　　　　　△

听筝

[唐]李端

鸣筝金粟柱,素手玉房前。

欲得周郎顾,时时误拂弦。

第三种五言绝句基本上和第一种相同,只因首句用韵,所以首句改为平平脚:

⊘仄仄平平　平平仄仄平
⊕平平仄仄　⊘仄仄平平

塞下曲

〔唐〕卢纶

月黑雁飞高，单于夜遁逃。

欲将轻骑逐，大雪满弓刀。（单〔chán〕音蝉）

行宫

〔唐〕元稹

寥落古行宫，宫花寂寞红。

白头宫女在，闲坐说玄宗。

溪居

〔唐〕裴度

门径俯清溪，茅檐古木齐。

红尘飞不到，时有水禽啼。

第四种五言绝句基本上和第二种相同，只因首句用韵，所以首句改为仄平脚：

平平仄仄平　⊘仄仄平平
⊘仄平平仄　平平仄仄平

闺人赠远

〔唐〕王涯

花明绮陌春,柳拂御沟新。

为报辽阳客,流光不待人。

在四种平韵五言律绝当中,以第一种为最常见,其次是第三种,其余两种都是少见的。除了平韵律绝之外,还有一些仄韵律绝。现在只举一个例子:

⊕平平仄仄　㊀仄平平仄
△

㊀仄仄平平　⊕平平仄仄
△

忆旧游

〔唐〕顾况

悠悠南国思,夜向江南泊。

楚客断肠时,月明枫子落。(思〔sì〕音四)

律绝只有四种句式,即使是仄韵的五言律绝,也不超出这个范围。依照这四种句式写成的诗句称为律句,凡不用或基本上不用律句的绝句可以称为古绝。古绝一般都是五言的,而且不拘平仄;在押韵方面既可押平声韵,也可押仄声韵。例如:

夜思

〔唐〕李白

床前明月光,疑是地上霜。

举头望明月,低头思故乡。

拜新月

［唐］李 端

开帘见新月，即便下阶拜。

细语人不闻，北风吹裙带。

《夜思》是平声韵，《拜新月》是仄声韵。"疑是"句"平仄仄仄平"，"细语"句"仄仄平仄平"，"北风"句"仄平平平仄"，都不是律句。

第二节　七言绝句

七言绝句也是四句，总共二十八个字。七言律绝是以五言律绝为基础的。跟五言律绝一样，七言律绝共有四种平仄句式，这只是在五字句的前面加两个音：如果是仄起的五字句，就把它变成平起的七字句；如果是平起的五字句，就把它变成仄起的七字句。试看下面的比较表：

1.平仄脚：

五字句——□□仄仄平平仄

七字句——㊊平仄仄平平仄

2.仄平脚：

五字句——□□平平仄仄平

七字句——仄仄平平仄仄平

3.仄仄脚：

五字句——□□⊕平平仄仄

七字句——⊛仄⊕平平仄仄

4.平平脚：

五字句——□□⊛仄仄平平

七字句——⊕平⊛仄仄平平

　　七言绝句也有四种平仄格式，跟五言绝句是相一致的。不过，七言绝句以首句押韵为比较常见，所以次序应该改变一下。

　　第一种七言绝句是：

⊕平⊛仄仄平平　　⊛仄平平仄仄平

⊛仄⊕平平仄仄　　⊕平⊛仄仄平平

早发白帝城

［唐］李白

朝辞白帝彩云间，千里江陵一日还。

两岸猿声啼不住，轻舟已过万重山。

题金陵渡

［唐］张祜

金陵津渡小山楼，一宿行人自可愁。

潮落夜江斜月里，两三星火是瓜州。

将赴吴兴登乐游原

［唐］杜牧

清时有味是无能，闲爱孤云静爱僧。

欲把一麾江海去，乐游原上望昭陵。

泊秦淮

［唐］杜牧

烟笼寒水月笼沙，夜泊秦淮近酒家。

商女不知亡国恨，隔江犹唱后庭花。

第二种七言绝句是把第一种的前半首和后半首对调，并且使首句仍然收平脚，第三句仍然收仄脚：

⊗仄平平仄仄平　㊞平⊗仄仄平平
　　　　　　△　　　　　　　△
㊞平⊗仄平平仄　⊗仄平平仄仄平
　　　　　　　　　　　　　　△

芙蓉楼送辛渐

［唐］王昌龄

寒雨连江夜入吴，平明送客楚山孤。

洛阳亲友如相问，一片冰心在玉壶。

乌衣巷

［唐］刘禹锡

朱雀桥边野草花，乌衣巷口夕阳斜。

旧时王谢堂前燕，飞入寻常百姓家。

赤壁

[唐]杜牧

折戟沉沙铁未销，自将磨洗认前朝。

东风不与周郎便，铜雀春深锁二乔。

秋夕

[唐]杜牧

银烛秋光冷画屏，轻罗小扇扑流萤。

天阶夜色凉如水，卧看牵牛织女星。

第三种七言绝句是第一种的变相，只是把首句改为不押韵（这一种比较少见）：

⊕平⊗仄平平仄　⊗仄平平仄仄平
　　　　　　　　　　　　　△
⊗仄⊕平平仄仄　⊕平⊗仄仄平平
　　　　　　　　　　　　　△

忆江柳

[唐]白居易

曾栽杨柳江南岸，一别江南两度春。

遥忆青青江岸上，不知攀折是何人！

第四种七言绝句是第二种的变相，只是把首句改为不押韵：

⊗仄⊕平平仄仄　⊕平⊗仄仄平平
　　　　　　　　　　　　　△
⊕平⊗仄平平仄　⊗仄平平仄仄平
　　　　　　　　　　　　　△

九月九日忆山东兄弟

［唐］王维

独在异乡为异客，每逢佳节倍思亲。

遥知兄弟登高处，遍插茱萸少一人。

夜上受降城闻笛

［唐］李益

回乐峰前沙似雪，受降城外月如霜。

不知何处吹芦管，一夜征人尽望乡。

仄韵七绝颇为罕见，这里不举例了。

七言绝句每句的第一字是不拘平仄的，第三字在许多情况下也不拘平仄，因此相传有这样一个口诀："一三五不论，二四六分明。"但是，这个口诀是不全面的，在正常的情况下，第五字不能不论；更重要的是仄平脚的句子第三字不能不论，否则犯了孤平。凡是不合于这里所讲的都是变格。

第七章 五言律诗、七言律诗和长律

我们在第六章中讲了五言绝句,这里再讲五言律诗就非常好懂了。

第一节　五言律诗

五言律诗共有八句,四十个字,比五言绝句(指律绝)的字数多一倍,可以说两首五言绝句合起来就是一首五言律诗。按发展情况说,应该说五言绝句是五言律诗的一半;但是,为了说明的方便,我们说五言律诗是五言绝句的双倍也未尝不可。

跟五言绝句一样,五言律诗也有四种平仄格式。

第一种五言律诗等于第一种五言绝句的两首:

⊕仄平平仄　平平仄仄平
　　　　　　　　　　△
㊣平平仄仄　⊕仄仄平平
　　　　　　　　　△
⊕仄平平仄　平平仄仄平
　　　　　　　　　　△
㊣平平仄仄　⊕仄仄平平
　　　　　　　　　△

塞下曲

〔唐〕李白

五月天山雪,无花只有寒。

笛中闻折柳,春色未曾看。

晓战随金鼓,宵眠抱玉鞍。

愿将腰下剑,直为斩楼兰。(看〔kān〕音刊)

春望

[唐]杜甫

国破山河在，城春草木深。

感时花溅泪，恨别鸟惊心。

烽火连三月，家书抵万金。

白头搔更短，浑欲不胜簪。（胜〔shēng〕音升）

第二种五言律诗等于第二种五言绝句的两首：

⊕平平仄仄 ⊗仄仄平平△

⊗仄平平仄 平平仄仄平△

⊕平平仄仄 ⊗仄仄平平△

⊗仄平平仄 平平仄仄平△

山居秋暝

[唐]王维

空山新雨后，天气晚来秋。

明月松间照，清泉石上流。

竹喧归浣女，莲动下渔舟。

随意春芳歇，王孙自可留。

新春江次

[唐]白居易

浦干潮未应，堤湿冻初销。

粉片妆梅朵,金丝刷柳条。

鸭头新绿水,雁齿小红桥。

莫怪珂声碎,春来五马骄。

第三种五言律诗等于第三种五言绝句加第一种五言绝句:

⊗仄仄平平　平平仄仄平

⊕平平仄仄　⊗仄仄平平

⊗仄平平仄　平平仄仄平

⊕平平仄仄　⊗仄仄平平

终南山

[唐]王维

太乙近天都,连山接海隅。

白云回望合,青霭入看无。

分野中峰变,阴晴众壑殊。

欲投人处宿,隔水问樵夫。(看〔kān〕音刊)

月夜忆舍弟

[唐]杜甫

戍鼓断人行,边秋一雁声。

露从今夜白,月是故乡明。

有弟皆分散,无家问死生。

寄书长不达,况乃未休兵!

第四种五言律诗等于第四种五言绝句加第二种五言绝句

（这一种比较少见）：

平平仄仄平　⊗仄仄平平
⊗仄平平仄　平平仄仄平
⊕平平仄仄　⊗仄仄平平
⊗仄平平仄　平平仄仄平

风雨

[唐]李商隐

凄凉宝剑篇，羁泊欲穷年。

黄叶仍风雨，青楼自管弦。

新知遭薄俗，旧好隔良缘。

心断新丰酒，销愁斗几千！

律诗中间四句要用对仗。所谓对仗，就是名词对名词，形容词对形容词，动词对动词，副词对副词等。关于对仗，后面还要专题讨论。

第二节　七言律诗

七言律诗，就其平仄格式说，是七言绝句的扩展。七言律诗共有八句，五十六个字，比七言绝句的字数多一倍，正好把两首七绝合成一首七律。七言律诗也有四种平仄格式。

第一种七律等于第一种七绝加第三种七绝：

⊕平⊗仄仄平平　⊗仄平平仄仄平

(仄)仄(平)平平仄仄　　(平)平(仄)仄仄平平△
(平)平(仄)仄平平仄　　(仄)仄平平仄仄平△
(仄)仄(平)平平仄仄　　(平)平(仄)仄仄平平△

望蓟门

〔唐〕祖咏

燕台一去客心惊，笳鼓喧喧汉将营。

万里寒光生积雪，三边曙色动危旌。

沙场烽火侵胡月，海畔云山拥蓟城。

少小虽非投笔吏，论功还欲请长缨。

钱塘湖春行

〔唐〕白居易

孤山寺北贾亭西，水面初平云脚低。

几处早莺争暖树，谁家新燕啄春泥？

乱花渐欲迷人眼，浅草才能没马蹄。

最爱湖东行不足，绿杨阴里白沙堤。

第二种七律等于第二种七绝加第四种七绝：

(仄)仄平平仄仄平△　　(平)平(仄)仄仄平平△
(平)平(仄)仄平平仄　　(仄)仄平平仄仄平△
(仄)仄(平)平平仄仄　　(平)平(仄)仄仄平平△
(平)平(仄)仄平平仄　　(仄)仄平平仄仄平△

登柳州城楼寄漳汀封连四州

〔唐〕柳宗元

城上高楼接大荒,海天愁思正茫茫。

惊风乱飐芙蓉水,密雨斜侵薜荔墙。

岭树重遮千里目,江流曲似九回肠。

共来百越文身地,犹自音书滞一乡!(思〔sì〕音四)

无题

〔唐〕李商隐

相见时难别亦难,东风无力百花残。

春蚕到死丝方尽,蜡炬成灰泪始干。

晓镜但愁云鬓改,夜吟应觉月光寒。

蓬莱此去无多路,青鸟殷勤为探看。(看〔kān〕音刊)

第三种七律等于第三种七绝的两首:

平平仄仄平平仄　仄仄平平仄仄平△

仄仄平平平仄仄　平平仄仄仄平平△

平平仄仄平平仄　仄仄平平仄仄平△

仄仄平平平仄仄　平平仄仄仄平平△

客至

〔唐〕杜甫

舍南舍北皆春水,但见群鸥日日来。

花径不曾缘客扫，蓬门今始为君开。

盘飧市远无兼味，樽酒家贫只旧醅。

肯与邻翁相对饮，隔篱呼取尽余杯。

酬乐天扬州初逢席上见赠

[唐]刘禹锡

巴山楚水凄凉地，二十三年弃置身。

怀旧空吟闻笛赋，到乡翻似烂柯人。

沉舟侧畔千帆过，病树前头万木春。

今日听君歌一曲，暂凭杯酒长精神。

第四种七律等于第四种七绝的两首：

仄仄平平平仄仄　平平仄仄仄平平

平平仄仄平平仄　仄仄平平仄仄平

仄仄平平平仄仄　平平仄仄仄平平

平平仄仄平平仄　仄仄平平仄仄平

阁夜

[唐]杜甫

岁暮阴阳催短景，天涯霜雪霁寒宵。

五更鼓角声悲壮，三峡星河影动摇。

野哭千家闻战伐，夷歌几处起渔樵。

卧龙跃马终黄土，人事音书漫寂寥。

闻官军收河南河北

[唐]杜甫

剑外忽传收蓟北,初闻涕泪满衣裳。

却看妻子愁何在,漫卷诗书喜欲狂。

白日放歌须纵酒,青春作伴好还乡。

即从巴峡穿巫峡,便下襄阳向洛阳。

七律跟五律一样,中间四句要用对仗;至于头两句和末两句,一般不用对仗。特别是末两句,像杜甫的《闻官军收河南河北》那样的情况是很少见的。

讲到这里,我们可以把律诗、绝句的平仄规则总结一下。平仄有"对"的规则和"粘"的规则。单句称为出句,双句称为对句,出句和对句加起来叫一联。第一联称为首联,第二联称为颔联,第三联称为颈联,第四联称为尾联。出句的平仄和对句的平仄必须是相反的,叫做"对"。下联出句的平仄和上联对句的平仄必须是相同的,叫做"粘"。当然,在粘的时候,第五、七两字(在五言则是第三、五两字)的平仄不可能相同;在对的时候,如果首句入韵,首联出句和对句第五、七两字(在五言则是第三、五两字)也不可能相对。总之,除了下章所讲的变格外,我们可以拿五言第二、第四字;七言的第二、第四、第六字作为衡量粘对的标准。

知道了粘对的道理,要背诵口诀(平仄格式)就不难了。只要知道了第一句的平仄,全首诗的平仄都可以按照粘对的规则背诵如流。即使是百韵长律，也不会背错一个字。

　　违反粘的规则叫做失粘(广义的失粘指的是不合平仄，这里用的是狭义)；违反对的规则叫失对。唐人偶尔有不粘的律诗、绝句(如王维的《渭城曲》)，但是不足为训，因为一般的律诗、绝句总是粘的。至于失对，则是更大的毛病，唐人虽也有个别失对的情况，那或者是模仿齐梁体(律诗未定型以前的诗体)，或者是诗人一时的疏忽，后人是不能引为口实的。

第三节　长律

　　长律是超过八句的律诗，有长到一百六十韵的。两句一押韵，一百六十韵就是一千六百个字。有一种试帖诗规定五言六韵(清代规定五言八韵)，那是应科举时写的。例如：

湘灵鼓瑟

［唐］钱起

善鼓云和瑟，常闻帝子灵。

冯夷空自舞，楚客不堪听。

苦调凄金石，清音入杳冥。

苍梧来怨慕，白芷动芳馨。

流水传湘浦，悲风过洞庭。

曲终人不见，江上数峰青。

　　长律的平仄很容易知道，因为它只是把五言绝句加起来。

例如五言六韵的长律就等于三首五言绝句。除头两句和末两句以外，中间各句都是要用对仗的。长律一般只是五言诗，七言长律非常罕见的。

第八章　平仄的变格和对仗

第一节　平仄的变格

上面说过，前人做律诗、绝句有个口诀是："一三五不论。"这是就七言说的，如果是五言，那就应该是"一三不论"。其实仄平脚的五言第一字或七言第三字不能不论，否则犯孤平。至于五言第三字、七言第五字，按常规来说，也是要论的，但是在这些地方可以有变格，就是在本该用平声的地方也可以用仄声，在本该用仄声的地方也可以用平声。例如：

次北固山下
[唐]王湾

客路青山下，行舟绿水前。
潮平两岸阔，风正一帆悬。
海日生残夜，江春入旧年。
乡书何处达？归雁洛阳边。

送友人
[唐]李白

青山横北郭，白水绕东城。
此地一为别，孤蓬万里征。
浮云游子意，落日故人情。
挥手自兹去，萧萧班马鸣。

咏怀古迹(其二)

[唐]杜甫

摇落深知宋玉悲,风流儒雅亦吾师。

怅望千秋一洒泪,萧条异代不同时。

江山故宅空文藻,云雨荒台岂梦思!

最是楚宫俱泯灭,舟人指点到今疑。

蜀相

[唐]杜甫

丞相祠堂何处寻?锦官城外柏森森!

映阶碧草自春色,隔叶黄鹂空好音。

三顾频烦天下计,两朝开济老臣心。

出师未捷身先死,长使英雄泪满襟!

(字下有○的是变格的不拘平仄的字)

值得注意的是:五言平起出句第三字如果用仄声,则第一字必须用平声(如"潮平两岸阔");七言仄起出句第五字如果用仄声,则第三字必须用平声(如"怅望千秋一洒泪")。如果是平平脚,五言第三字、七言第五字仍以用仄声为宜,否则末三字变成平平平,而三字尾连用三个平声是古风的特点(见第九章),最好律诗、绝句不要用它。

现在讲到三种特别的句式。这三种句式是不合于前面所列的平仄格式的,然而它们是律诗、绝句所容许的。

(1)五言出句二、四字同平,七言出句四、六字同平。——依前面所讲的说法,仄仄脚的律句,在五言是"㊊平平仄仄",在七言是"㋐仄㊊平平仄仄";但是,这个格式有一个最常用的变格,就是:

五言:平平仄平仄

七言:㋐仄平平仄平仄

这是把五言第三、四两字的平仄对调,七言第五、六两字的平仄对调。对调以后,五言第一字、七言第三字不再是不拘平仄的,而是必须用平声。例如:

送杜少府之任蜀州

[唐]王勃

城阙辅三秦,风烟望五津。

与君离别意,同是宦游人。

海内存知己,天涯若比邻。

无为在歧路,儿女共沾巾。

（字下有·的是变格的句子,下同）

月夜

[唐]杜甫

今夜鄜州月,闺中只独看。

遥怜小儿女,未解忆长安。

香雾云鬟湿,清辉玉臂寒。

何时倚虚幌,双照泪痕干?（看〔kān〕音刊）

咏怀古迹（其三）

［唐］杜甫

群山万壑赴荆门，生长明妃尚有村。

一去紫台连朔漠，独留青冢向黄昏。

画图省识春风面，环佩空归月夜魂。

千载琵琶作胡语，分明怨恨曲中论！

这种句式多数被用在尾联的出句，即律诗的第七句、绝句的第三句。

（2）五言出句二、四字同仄，七言出句四、六字同仄。——依前面所讲的说法，平仄脚的律句，在五言是"⑧仄平平仄"，在七言是"⑨平⑧仄平平仄"；但是，这个格式也有一个变格，就是：

五言：⑧仄⑨仄仄

七言：⑨平⑧仄⑨仄仄

这里五言第二、四两字都用仄声（全句可以有四仄，甚至五仄），七言第四、六两字都用仄声。但是，有一个附带的条件，就是五言对句第三字、七言对句第五字必须用平声。例如：

与诸子登岘山

［唐］孟浩然

人事有代谢，往来成古今。

江山留胜迹，我辈独登临。

水落鱼梁浅，天寒梦泽深。

羊公碑尚在,读罢泪沾襟。

草

[唐]白居易

离离原上草,一岁一枯荣。

野火烧不尽,春风吹又生。

远芳侵古道,晴翠接荒城。

又送王孙去,萋萋满别情。

夜泊水村

[南宋]陆游

腰间羽箭久凋零,太息燕然未勒铭。

老子犹堪绝大漠,诸君何至泣新亭?

一身报国有万死,双鬓向人无再青!

记取江湖泊船处,卧闻新雁落寒汀。(燕〔yān〕音烟)

讲到这里,我们知道"二四六分明"的口诀也不完全适用了。

(3)孤平拗救。——所谓孤平,只限于平脚的句子,指的是五字句的"仄平仄仄平"、七字句的"仄仄仄平仄仄平"。由于除了韵脚必须用平声以外,只剩一个平声字,所以叫做"孤平"。凡不合平仄的句子叫做"拗句"。拗句和律句是反义词。孤平的句子也是拗句的一种。但是,拗句可以补救。补救的办法是:前面本该用平声的地方用了仄声,就在后面适当的位置用上一个平声以为抵偿。所谓孤平拗救,是指仄平脚的句子五言第一字用

仄,第三字用平;七言第三字用仄,第五字用平,就是:

五言:仄平平仄平

七言:㊞仄仄平平仄平

试看下面的例子:

夜泊山寺

[唐]李白

危楼高百尺,手可摘星辰。

不敢高声语,恐惊天上人。

("恐"字系仄声,下面用平声"天"字来补救)

回乡偶书

[唐]贺知章

少小离家老大回,乡音无改鬓毛衰。

儿童相见不相识,笑问客从何处来。

("客"字系仄声,下面用平声"何"字来补救)

咸阳城东楼

[唐]许浑

一上高楼万里愁,蒹葭杨柳似汀洲。

溪云初起日沉阁,山雨欲来风满楼。

鸟下绿芜秦苑夕,蝉鸣黄叶汉宫秋。

行人莫问当年事,故国东来渭水流。

（"欲"字系仄声，下面用平声"风"字来补救）

孤平拗救常常和二、四字同仄的出句（在七言则是四、六字同仄）同时并用，像上文所引孟浩然的"往来成古今"、陆游的"双鬓向人无再青"都是。这样，倒数第三字（如孟诗的"成"字，陆诗的"无"字）所用的平声非常吃重，它一方面用于孤平拗救，另一方面还被用来补偿出句所缺乏的平声。总的原理是律诗、绝句不能用过多的仄声字。上文所讲第一种特殊句式，五言第三字用了仄声，第四字就必须补一个平声，而且第一字不能再用仄声，也是这个道理。

我们应该把变格和例外区别开来。变格是律诗所容许的格式，"平平仄平仄"的格式甚至能用于试帖诗；例外则是偶然出现的，如杜甫的"昔闻洞庭水"、孟浩然的"八月湖水平"。有时候，诗人可以写一些古风式的律诗，完全不拘平仄，叫做"拗体"。但拗体是罕见的，这里不详细讨论了。

第二节　对仗

绝句用不用对仗是自由的；如果用对仗，一般用在首联。律诗中间两联必须用对仗；在唐人的律诗中偶然也有少到一联对仗的，那只是例外。至于对仗多到三联，则是相当常见的现象，特别是在首句不入韵的情况下是如此。三联对仗，常常是首联、颔联和颈联。例如：

旅夜书怀

［唐］杜甫

细草微风岸，危樯独夜舟。

星垂平野阔，月涌大江流。

名岂文章著，官应老病休。

飘飘何所似？天地一沙鸥。

谷口书斋寄杨补阙

［唐］钱起

泉壑带茅茨，云霞生薜帷。

竹怜新雨后，山爱夕阳时。

闲鹭栖常早，秋花落更迟。

家童扫罗径，昨与故人期。

野望

［唐］杜甫

西山白雪三城戍，南浦清江万里桥。

海内风尘诸弟隔，天涯涕泪一身遥。

惟将迟暮供多病，未有涓埃答圣朝。

跨马出郊时极目，不堪人事日萧条。

登高

[唐]杜甫

风急天高猿啸哀,渚清沙白鸟飞回。

无边落木萧萧下,不尽长江滚滚来。

万里悲秋常作客,百年多病独登台。

艰难苦恨繁霜鬓,潦倒新停浊酒杯。

对仗首先要求句型的一致,例如杜诗首联"细草微风岸",这是一个没有谓语的句子,必须找另一个没有谓语的句子(这里是"危樯独夜舟")来对它。又如颈联"名岂文章著","著名"这个动宾结构被拆开放在一句的两头;对句是"官应老病休","休官"这个动宾结构也拆开放在一句的两头,才算对上了。又如钱诗颔联"竹怜新雨后,山爱夕阳时","竹怜"不是真正的主谓结构,"山爱"也不是真正的主谓结构,实际上是"怜新雨后的竹,爱夕阳时的山",这样它们的句型就一致了。

对仗要求词性相对,名词对名词,形容词对形容词,动词对动词,副词对副词,上文已经讲过了。此外还有三种特殊的对仗:第一是数目对,如"万里悲秋常坐客,百年多病独登台";第二是颜色对,如"客路青山下,行舟绿水前";第三是方位对,如"西山白雪三城戍,南浦清江万里桥"。

名词还可以分为若干小类,如天文、时令、地理等。例如"星垂平野阔,月涌大江流","星"对"月"是天文对,"野"对"江"是地理对。又如"海日生残夜,江春入旧年","夜"和"年"是时令对。

凡同一小类相对，词性一致，句型又一致，叫做工对（就是对得工整）。例如"青山横北郭，白水绕东城"，这是工对。邻类相对也算工对。例如"一去紫台连朔漠，独留青冢向黄昏"，"朔"（北方）对"黄"是方位对颜色；又如"海日生残夜，江春入旧年"，"日"对"春"是天文对时令。两种事物常常并提的，也算工对。例如"感时花溅泪，恨别鸟惊心"，"花"对"鸟"是工对；"乱花渐欲迷人眼，浅草才能没马蹄"，"人"对"马"是工对。有所谓借对，这是借用同音字为对。例如"西山白雪三城戍，南浦清江万里桥"，"白"对"清"是借对，因为"清"与"青"同音。

　　凡五字句有四个字对得工整，也就算得工对。例如"星垂平野阔，月涌大江流"，虽然"阔"是形容词，"流"是动词，也算工对。又如"感时花溅泪，恨别鸟惊心"，虽然"时"与"别"不属于同一个小类，其余四字已经非常工整，也就不必再计较了。七字句有四、五个字对得工整，也就算得工对。例如"无边落木萧萧下，不尽长江滚滚来"，"边"是名词，"尽"是动词，似乎不对，但是"无"对"不"被认为工整，而"无"字后面必须跟名词，"不"字后面必须跟动词或形容词，只能做到这样了。

　　有一种对仗是句中自对而后两句相对。这样的对仗就只要求句中自对的工整，不再要求两句相对的工整，只要词类相对就行了。例如"海内风尘诸弟隔，天涯涕泪一身遥"，"风"对"尘"、"涕"对"泪"已经很工整，"风尘"对"涕泪"就可以从宽了。又如"惟将迟暮供多病，未有涓埃答圣朝"，"迟"与"暮"相对、"涓"与"埃"相对，两句相对就可以从宽了。

过分追求对仗的工整会束缚思想。杰出的诗人能做到内容和形式的统一。一般说来,晚唐的对仗比盛唐的对仗工整,但是晚唐的诗不及盛唐的诗的意境高超。可见片面地追求对仗的工整,是不能达到写好诗的目的的。

第九章　词律

第一节　词的种类

词最初称为"曲词"或"曲子词",是配音乐的。从配音乐这一点上说,它和乐府诗是同一类的文学体裁,也同样是来自民间文学。后来词也跟乐府一样,逐渐跟音乐分离了,成为诗的别体,所以有人把词称为"诗余"。文人的词深受律诗的影响,所以词中的律句特别多。

词是长短句,但是全篇的字数是有一定的,每句的平仄也是有一定的。

词大致可分三类:(1)小令;(2)中调;(3)长调。有人认为:五十八字以内为小令,五十九字至九十字为中调,九十一字以外为长调①。这种分法虽然未免太绝对化了,但是大概的情况还是这样的。

敦煌曲子词中,已经有了一些中调和长调。宋初柳永写了一些长调,苏轼、秦观、黄庭坚等人继起,长调就盛行起来了。长调的特点,除了字数较多以外,就是一般用韵较疏。

(一)词牌

词牌,就是词的格式的名称。词的格式和律诗的格式不同:律诗只有四种格式,而词则总共有一千多个格式②(这些格式称

①这是根据《类编草堂诗余》所分小令、中调、长调而得出来的结论。
②万树《词律》共收一千一百八十多个"体"。徐本立《词律拾遗》增加四百九十五个"体"。清代的《钦定词谱》共有二千三百零六个"体"。

为词谱,详见下节)。人们不好把它们称为第一式、第二式等等,所以给它们起了一些名字。这些名字就是词牌。有时候,几个格式合用一个词牌,因为它们是同一个格式的若干变体;有时候,同一个格式而有几种名称,那只因为各家叫名不同罢了。

关于词牌的来源,大约有下面的三种情况:

(1)本来是乐曲的名称。例如《菩萨蛮》,据说是由于唐代大中初年①,女蛮国进贡,她们梳着高髻,戴着金冠,满身璎珞(璎珞是身上佩挂的珠宝),像菩萨。当时教坊因此谱成《菩萨蛮曲》。据说唐宣宗爱唱《菩萨蛮》词,可见是当时风行一时的曲子。《西江月》《风入松》《蝶恋花》等,都是属于这一类的。这些都是来自民间的曲调。

(2)摘取一首词中的几个字作为词牌。例如《忆秦娥》,因为依照这个格式写出的最初一首词开头两句是"箫声咽,秦娥梦断秦楼月",所以词牌就叫《忆秦娥》②,又叫《秦楼月》。《忆江南》本名《望江南》,又名《谢秋娘》,但因白居易有一首咏"江南好"的词,最后一句是"能不忆江南",所以词牌又叫《忆江南》。《如梦令》原名《忆仙姿》,改名《如梦令》,这是因为后唐庄宗所写的《忆仙姿》中有"如梦,如梦,残月落花烟重"等句。《念奴娇》又叫《大江东去》,这是由于苏轼有一首《念奴娇》,第一句是"大江东去";又叫《酹江月》,因为苏轼这首词最后三个字是"酹江月"。

(3)本来就是词的题目。《踏歌词》咏的是舞蹈,《舞马词》咏

---

①大中,是唐宣宗年号(847—859)。

②这是依照一般的说法。

的是舞马,《欸乃曲》咏的是泛舟,《渔歌子》咏的是打鱼,《浪淘沙》咏的是浪淘沙,《抛球乐》咏的是抛绣球,《更漏子》咏的是夜。这种情况是最普遍的。凡是词牌下面注明"本意"的,就是说词牌同时也是词题,不另有题目了。

但是,绝大多数的词都不是用"本意"的,因此,词牌之外还有词题。一般是在词牌下面用较小的字注出词题。在这种情况下,词题和词牌不发生任何关系。一首《浪淘沙》可以完全不讲到浪,也不讲到沙;一首《忆江南》也可以完全不讲到江南。这样,词牌只不过是词谱的代号罢了。

(二)单调、双调、三叠、四叠

词有单调、双调、三叠、四叠的分别。

单调的词往往就是一首小令。它很像一首诗,只不过是长短句罢了。例如:

渔歌子①

[唐]张志和

西塞山前白鹭飞,
桃花流水鳜鱼肥。
青箬笠,绿蓑衣,
斜风细雨不须归。

---

①原名《渔父》。

如梦令

[宋]李清照

昨夜雨疏风骤，

浓睡不消残酒。

试问卷帘人，

却道海棠依旧。

知否？知否？

应是绿肥红瘦！

双调的词有的是小令，有的是中调或长调。双调就是把一首词分为前后两阕①。两阕的字数相等或基本上相等，平仄也同。这样，字数相等的就像一首曲谱配着两首歌词。不相等的，一般是开头的两三句字数不同或平仄不同，叫做"换头"②。双调是词中最常见的形式。例如③：

踏莎行

郴州旅舍

[宋]秦观

雾失楼台，

---

①曲终叫做阕（què）。一阕，表示曲子到此已告终了。下面再来一阕，那是表示依照原曲再唱一首歌。当然前后阕的意思还是连贯的。
②字数不同如《菩萨蛮》，平仄不同如《浣溪沙》，详下节。
③旧法，前后阕中间空一格。现在分行写，中间空一行。

月迷津渡，

桃源望断无寻处。

可堪孤馆闭春寒，

杜鹃声里斜阳暮。

驿寄梅花，

鱼传尺素，

砌成此恨无重数！

郴江幸自绕郴山，

为谁流下潇湘去？

鹧鸪天

[宋]辛弃疾

壮岁旌旗拥万夫，

锦襜突骑渡江初。

燕兵夜娖银胡䩮，

汉箭朝飞金仆姑。

追往事，

叹今吾。

春风不染白髭须。

却将万字平戎策，

换得东家种树书。

贺新郎

送胡邦衡待制赴新州

[宋]张元幹

梦绕神州路。

怅秋风连营画角,

故宫离黍。

底事昆仑倾砥柱,

九地黄流乱注?

聚万落千村狐兔。

天意从来高难问,

况人情易老悲难诉。

更南浦,

送君去。

凉生岸柳催残暑。

耿斜河疏星淡月,

断云微度。

万里江山知何处?

回首对床夜语。

雁不到,

书成谁与①?

---

①"雁不到书成谁与"? 依词律应作一句读。

目尽青天怀今古，

肯儿曹恩怨相尔汝。

举大白，

听金缕。

　　像《踏莎行》《渔家傲》，前后两阕字数完全相等。其他各词，前后阕字数基本上相同。

　　三叠就是三阕，四叠就是四阕。三叠、四叠的词很少见，这里就不举例了。

第二节　词谱

　　每一词牌的格式，叫做词谱。依照词谱所规定的字数、平仄以及其他格式来写词，叫做"填词"。"填"，就是依谱填写的意思。

　　古人所谓词谱，乃是摆出一件样品，让大家照样去填。下面是万树《词律》所列《菩萨蛮》的词谱原来的样子①：

菩萨蛮 四十四字　　又名子夜歌
巫山一片云　重叠金

[唐]李白

平¹ 林 漠¹ 漠 烟 如 织韵 寒¹ 山 一平 带 伤 心 碧叶 暝¹

色 入 高 楼换有 人 楼¹ 上 愁叶　玉¹ 阶 空 伫 立三换 宿¹

----

① 但是改为横排。

鸟归飞急（仄）（三叶）何（可仄）处是归程（四换平）长（可仄）亭连（可仄）短亭（四叶平）

《词律》在词牌下面注明规定的字数、词牌的别名，在词中注明平仄和叶韵。凡平仄均可的地方，注明“可平”“可仄”（于平声字下面注明“可仄”，于仄声字下面注明“可平”）；凡平仄不可通融的地方就不加注，例如“林”字下面没有注，这就表明必须依照林字的平仄，林字平声，就应照填一个平声字。“织”字下面注个韵字，表示这里该用韵；“碧”字下面注个叶字①，表示这里该叶韵（即与“织”字押韵）。当然并不规定押哪一个韵，但是要求一个仄声韵。“楼”字下面注“换平”，是说换平声韵。“愁”字下面注“叶平”，是说叶平声韵。“立”字下面注“三换仄”，是说在第三个韵又换了仄声韵；“急”字下面注“三叶仄”，是说叶仄声韵。“程”字下面注“四换平”，是说在第四个韵又换了平声韵；“亭”字下面注“四叶平”，是说叶平声韵。万树是清初时代的人，在万树以前，词人们早已填词，那又依照谁人所定的词谱呢？古人并不需要词谱，只要有了样品，就可以照填。试看辛弃疾所填的一首《菩萨蛮》：

菩萨蛮

书江西造口壁

［宋］辛弃疾

郁孤台下清江水，

---

①叶：同“协”，不是树叶的“叶”。

中间多少行人泪。

西北望长安，

可怜无数山。

青山遮不住，

毕竟东流去。

江晚正愁余，

山深闻鹧鸪。

辛词共用四十四个字，共用四个韵，其中两个仄声韵，两个平声韵，并且平仄韵交替，完全和李白原词相同。平仄也完全模仿李白原词，甚至原词前阕末句用“仄平平仄平”，后阕用“平平平仄平”，都完全模仿了。

　　这里有一个问题：拿谁的词来做样品呢？如果说写《菩萨蛮》要拿李白原词做样品，李白又拿谁的词做样品呢？其实《菩萨蛮》的最早的作者（李白？）并不需要任何样品，因为《菩萨蛮》是按曲谱而作出的。民间作品多数是入乐演唱的，所以只须按曲作词，而不需要照样填词。至于后世某些词调，那又是另一种情况。词人创造一种词调，后人跟着填词。词牌是越来越多的。有些词牌是后起的，那只能拿较晚的作品作为样品。

　　本来，唐宋人填词就有较大的灵活性，所以一个词牌往往有几种别体。词中本来就是律句占优势；有些词的拗句又常常被后代词人改为律句。例如《菩萨蛮》前后阕末句的“仄平平仄平”

就被改为"平平仄仄平"。有些词,如《念奴娇》《水调歌头》等,在开始的时期就有相当大的灵活性,所以后代更自由一些。大致说来,小令的格律最严,中调较宽,长调更宽。我们研究词律的时候,既要仔细考究它的规则,又要知道它的变化,不求甚解和胶柱鼓瑟都是不对的。

这里我们将列举一些词谱,作为示例。为了便于了解,我们改变了前人的做法,不再录样品,而是依照第四章讲诗律时的办法,列举一些平仄格式,然后再举两三首词为例①。

(1)忆江南(廿七字,又作望江南,江南好,梦江南等)

平㊀仄,

㊀仄仄平平。
△

㊀仄㊀平平仄仄,

㊀平㊀仄仄平平。
△

㊀仄仄平平②。
△

忆江南

［唐］白居易

江南好,

风景旧曾谙。

日出江花红胜火,

---

①其所以不止举一首,是要显示词人依谱填词的严格。
②△号表示韵脚。下同。

春来江水绿如蓝。
能不忆江南①?

忆江南

[唐]刘禹锡

春去也,
多谢洛城人。
弱柳从风疑举袂,
丛兰褒露似沾巾。
独坐亦含嚬。

梦江南

[唐]皇甫松

兰烬落,
屏上暗红蕉。
闲梦江南梅熟日,
夜船吹笛雨潇潇。
人语驿边桥。

梦江南

[唐]温庭筠

梳洗罢,

---

①字下加小圆点的都是入声字,不要按现代普通话的声调去了解。下同。

独倚望江楼。

过尽千帆皆不是，

斜晖脉脉水悠悠。

肠断白蘋洲。

（2）**浣溪沙**（四十二字，沙或作纱，或作浣纱溪）

⊗仄平平仄仄平，
△

㊟平⊗仄仄平平。
△

㊟平⊗仄仄平平。
△

⊗仄㊟平平仄仄，

㊟平⊗仄仄平平。
△

㊟平⊗仄仄平平①。
△

（后阕头两句往往用对仗）

浣溪沙

［宋］晏殊

一曲新词酒一杯，

去年天气旧亭台。

夕阳西下几时回？

---

①这很像一首不粘的七律减去第三、第七两句。

无可奈何花落去，
似曾相识燕归来。
小园香径独徘徊。

浣溪沙

荆州约马举先登城楼观塞

［宋］张孝祥

霜日明霄水蘸空，
鸣鞘声里绣旗红。
淡烟衰草有无中。

万里中原烽火北，
一尊浊酒戍楼东。
酒阑挥泪向悲风。

浣溪沙

一九五〇年国庆观剧，柳亚子先生即席赋《浣溪沙》，因步其韵奉和。

毛泽东

长夜难明赤县天，
百年魔怪舞翩跹。
人民五亿不团圆。

一唱雄鸡天下白，
万方乐奏有于阗。

诗人兴会更无前①。

（3）菩萨蛮（四十四字）

平平仄仄平平仄，
平平仄仄平平仄。
仄仄仄平平，
仄平平仄平②。

平平平仄仄，
仄仄平平仄。
仄仄仄平平，
仄平平仄平。

（共用四个韵。前阕后二句与后阕后二句字数平仄相
同。前后阕末句都可改用律句平平仄仄平）

菩萨蛮

［唐］李白(?)

平林漠漠烟如织，
寒山一带伤心碧。
暝色入高楼，

———————

①兴：去声。
②这句第一字可平，第三字可仄，但是不能犯孤平。这就是说，如果第三字用仄，则
第一字必须用平。后阕末句同。

有人楼上愁。

玉阶空伫立，
宿鸟归飞急。
何处是归程？
长亭连短亭！

菩萨蛮

大柏地

毛泽东

赤橙黄绿青蓝紫，
谁持彩练当空舞？
雨后复斜阳，
关山阵阵苍。
当年鏖战急，
弹洞前村壁。
装点此关山，
今朝更好看①。

(4)采桑子(四十四字,又名丑奴儿)

㊍平㊎仄平平仄,
㊎仄平平。
△

———————

① 看:平声。

⊛仄平平，
△
⊛仄平平⊛仄平。
　　△

㊀平⊛仄平平仄，
⊛仄平平。
△
⊛仄平平，
△
⊛仄平平⊛仄平。
　　△

采桑子

[宋]欧阳修

群芳过后西湖好，
狼藉残红。
飞絮濛濛，
垂柳阑干尽日风。

笙歌散尽游人去，
始觉春空。
垂下帘栊，
双燕归来细雨中。

采桑子

丑奴儿

[宋]辛弃疾

少年不识愁滋味，

爱上层楼。

爱上层楼，

为赋新诗强说愁。

而今识尽愁滋味，

欲说还休。

欲说还休，

却道"天凉好个秋"！

采桑子

重阳

毛泽东

人生易老天难老，

岁岁重阳。

今又重阳，

战地黄花分外香。

一年一度秋风劲，

不似春光。

胜似春光，

寥廓江天万里霜。

（5）卜算子（四十四字）

仄仄仄平平，

仄仄平平仄。
△
仄仄平平仄仄平，
仄仄平平仄。
△

仄仄仄平平，
仄仄平平仄。
△
仄仄平平仄仄平，
仄仄平平仄。
△

卜算子

咏梅

[宋]陆游

驿外断桥边，
寂寞开无主。
已是黄昏独自愁，
更著风和雨。

无意苦争春，
一任群芳妒。
零落成泥碾作尘，
只有香如故。

卜算子

咏梅

毛泽东

风雨送春归，

飞雪迎春到。

已是悬崖百丈冰，

犹有花枝俏。

俏也不争春，

只把春来报。

待到山花烂漫时，

她在丛中笑。

(6)减字木兰花(四十四字)

⊕平⊗仄，

⊗仄⊕平平仄仄。

⊗仄平平，

⊗仄平平⊗仄平。

⊕平⊗仄，

⊗仄⊕平平仄仄。

⊗仄平平，

⊘仄平平⊘仄平。
　　△
（每两句一换韵）

减字木兰花

[宋]秦观

天涯旧恨，
独自凄凉人不问。
欲见回肠，
断尽金炉小篆香。

黛蛾长敛，
任是春风吹不展。
困倚危楼，
过尽飞鸿字字愁。

减字木兰花

广昌路上

毛泽东

漫天皆白，
雪里行军情更迫。
头上高山，
风卷红旗过大关。

此行何去？

赣江风雪迷漫处①。

命令昨颁②，

十万工农下吉安。

（7）忆秦娥（四十六字）

平⊙仄，
△

⊙平⊗仄平平仄。
△

平平仄（叠三字），
△

⊗平⊙仄，

仄平平仄。
△

⊙平⊗仄平平仄，
△

⊙平⊗仄平平仄。
△

平平仄（叠三字），
△

⊗平⊙仄，

仄平平仄。
△

（此调多用入声韵。前阕后三句与后阕后三句字数平仄相同）

忆秦娥

［唐］李白（？）

箫声咽，

————————

① 漫：平声。

② “昨”字未拘平仄。

秦娥梦断秦楼月。

秦楼月，

年年柳色，

灞陵伤别。

乐游原上清秋节，

咸阳古道音尘绝。

音尘绝，

西风残照，

汉家陵阙。

忆秦娥

[宋]范成大

楼阴缺，

阑干影卧东厢月。

东厢月，

一天风露，

杏花如雪。

隔烟催漏金虬咽，

罗帏黯淡灯花结。

灯花结，

片时春梦，

江南天阔。

忆秦娥

娄山关

毛泽东

西风烈，

长空雁叫霜晨月。

霜晨月，

马蹄声碎，

喇叭声咽。

雄关漫道真如铁，

而今迈步从头越。

从头越，

苍山如海，

残阳如血。

（8）**清平乐**（四十六字）

　　　㊊平㊋仄，
　　　　△
　　　㊋仄平平仄。
　　　　　△
　　　㊋仄㊊平平仄仄，
　　　　　　△
　　　㊋仄㊊平㊋仄。
　　　　　△

⊕平⊛仄平平，
_△
⊕平⊛仄平平。
_△
⊛仄⊕平⊛仄，
⊕平⊛仄平平。
_△

（后阕换平声韵）

清平乐

晚春

［宋］黄庭坚

春归何处？
寂寞无行路。
若有人知春去处，
唤取归来同住。

春无踪迹谁知？
除非问取黄鹂。
百啭无人能解，
因风飞过蔷薇。

清平乐

六盘山

毛泽东

天高云淡，
望断南飞雁。

不到长城非好汉，
屈指行程二万！

六盘山上高峰，
红旗漫卷西风。
今日长缨在手，
何时缚住苍龙？

（9）西江月（五十字）

‖仄仄平平仄仄，
平平仄仄平平。
△
平平仄仄仄平平，
△
仄仄平平仄仄。‖①
△

（前后阕同。第一句无韵，第二、第三句押平声韵，第四句押原韵的仄声韵。这种平仄通押的调子，在词调中是很少见的。但是，《西江月》却是最流行的曲调。前后阕头两句要用对仗）

西江月

［宋］辛弃疾

明月别枝惊鹊，
清风半夜鸣蝉。

---

① 双调用‖号表示前后阕同。下同。

稻花香里说丰年，

听取蛙声一片。

七八个星天外，

两三点雨山前。

旧时茅店社林边，

路转溪桥忽见。

西江月

[宋]刘过

堂上谋臣尊俎，

边头将士干戈。

天时地利与人和，

燕可伐欤？曰可！

今日楼台鼎鼐，

明年带砺山河。

大家齐唱大风歌，

不日四方来贺。

（10）浪淘沙（五十四字）

‖⊗仄仄平平，
　　　　△
　⊗仄平平。
　　　△
　⊛平⊗仄仄平平。
　　　　　　△

⊗仄⊕平平平仄仄，
⊗仄平平。‖
_△
（前后阕同）

浪淘沙

［南唐］李煜

帘外雨潺潺，
春意阑珊。
罗衾不耐五更寒。
梦里不知身是客，
一晌贪欢。

独自莫凭栏，
无限江山。
别时容易见时难。
流水落花春去也，
天上人间。

浪淘沙

北戴河

毛泽东

大雨落幽燕①，

---

①燕：平声，读如"烟"。

白浪滔天。

秦皇岛外打鱼船。

一片汪洋都不见,

知向谁边?

往事越千年,

魏武挥鞭。

东临碣石有遗篇。

萧瑟秋风今又是,

换了人间!

(11)**蝶恋花**(六十字,又名鹊踏枝)

‖仄仄平平平仄仄。
△

仄仄平平,

仄仄平平仄。
△

仄仄平平平仄仄(或仄平仄)。
△

平平仄仄平平仄。‖
△

(前后阕同)

蝶恋花

[宋]苏轼

花褪残红青杏小。

燕子飞时,

绿水人家绕。

枝上柳绵吹又少。

天涯何处无芳草?

墙里秋千墙外道。

墙外行人,

墙里佳人笑。

笑渐不闻声渐杳。

多情却被无情恼。

蝶恋花

从汀州向长沙

毛泽东

六月天兵征腐恶。

万丈长缨,

要把鲲鹏缚。

赣水那边红一角。

偏师借重黄公略。

百万工农齐踊跃。

席卷江西,

直捣湘和鄂。

国际悲歌歌一曲。

狂飙为我从天落。

蝶恋花

答李淑一

毛泽东

我失骄杨君失柳。

杨柳轻飏，

直上重霄九。

问讯吴刚何所有。

吴刚捧出桂花酒。

寂寞嫦娥舒广袖。

万里长空，

且为忠魂舞。

忽报人间曾伏虎。

泪飞顿作倾盆雨。

(12)渔家傲（六十二字）

‖ⓘ仄ⓟ平平仄仄，
　　△
　ⓟ平ⓘ仄平平仄。
　　　△
ⓘ仄ⓟ平平仄仄。
　　△
平ⓘ仄，
　△
ⓟ平ⓘ仄平平仄。‖
　　　△

（前后阙同）

渔家傲

秋思

[宋]范仲淹

塞下秋来风景异，

衡阳雁去无留意。

四面边声连角起。

千嶂里，

长烟落日孤城闭。

浊酒一杯家万里，

燕然未勒归无计。

羌管悠悠霜满地。

人不寐，

将军白发征夫泪。

渔家傲

记梦

[宋]李清照

天接云涛连晓雾，

星河欲转千帆舞。

仿佛梦魂归帝所。

闻天语，

殷勤问我归何处。

我报路长嗟日暮,
学诗谩有惊人句。
九万里风鹏正举。
风休住,
蓬舟吹取三山去。

渔家傲

反第一次大"围剿"

毛泽东

万木霜天红烂漫,
天兵怒气冲霄汉。
雾满龙冈千嶂暗。
齐声唤,
前头捉了张辉瓒。

二十万军重入赣,
风烟滚滚来天半。
唤起工农千百万。
同心干,
不周山下红旗乱。

（13）满江红（九十三字）

⊙仄平平，

平平仄、平平⊙仄。△

⊙⊙仄、⊙平平仄，

⊙平⊙仄。△

⊙仄⊙平平仄仄，

平平⊙仄平平仄。△

仄⊙平、⊙仄仄平平，

平平仄。△

⊙平仄，平⊙仄；△

平⊙仄，平平仄。△

仄平平仄仄、仄平平仄。△

⊙仄⊙平平仄仄，

平平⊙仄平平仄。△

仄⊙平、⊙仄仄平平，

平平仄。△

（此调常用入声韵，而且往往用一些对仗）

满江红

［宋］岳飞

怒发冲冠，

凭栏处、潇潇雨歇。

抬望眼、仰天长啸，

壮怀激烈。

三十功名尘与土，

八千里路云和月。

莫等闲、白了少年头，

空悲切！

靖康耻，犹未雪；

臣子恨，何时灭？

驾长车踏破、贺兰山缺①。

壮志饥餐胡虏肉，

笑谈渴饮匈奴血。

待从头、收拾旧山河，

朝天阙。

满江红

金陵怀古

［元］萨都刺

六代豪华，

春去也、更无消息。

空怅望、山川形势，

已非畴昔。

---

①依语法结构，应该标点为："驾长车，踏破贺兰山缺。"这里是按词谱断句。

王谢堂前双燕子，

乌衣巷口曾相识。

听夜深寂寞打孤城，

春潮急。

思往事，愁如织；

怀故国，空陈迹。

但荒烟衰草、乱鸦斜日。

玉树歌残秋露冷，

胭脂井坏寒螀泣。

到如今、只有蒋山青，

秦淮碧。

（14）水调歌头（九十五字）

⊙仄⊙平仄，

⊙仄仄平平。
△

⊙平⊙仄平仄⊙仄仄平平
△

（上六下五或上四下七）。

⊙仄⊙平⊙仄，

⊙仄⊙平⊙仄，

⊙仄仄平平。
△

⊙仄⊙平仄，

⊙仄仄平平。
△

⊕平仄，

平⊕仄，

仄平平。
△

⊕平⊕仄平仄仄仄平平
　　　　　　　　△

（上六下五或上四下七，又或作仄仄平
平仄仄，仄仄仄平平）。

⊕仄⊕平⊕仄，

⊕仄⊕平⊕仄，

⊕仄仄平平。
　　　△

⊕仄⊕平仄，

⊕仄仄平平①。
　　　　△

（前阕后七句与后阕后七句字数平仄相同）

水调歌头

中秋

［宋］苏轼

明月几时有？

把酒问青天。

不知天上宫阙、今夕是何年①？

---

①这个词调的平仄相当灵活。前阕第三句、后阕第四句为一个十一字句，中间稍有
停顿，上六下五或上四下七均可。但是近代词人常常把它分成两句，并且是上六
下五（参看张惠言《词选》所录他自己的五首《水调歌头》）。毛主席的词也是按上
六下五填写的。这调常用一些拗句，如毛主席词中的"子在川上曰""一桥飞架南
北"，苏轼词中的"不知天上宫阙""起舞弄清影"等。

我欲乘风归去，

又恐琼楼玉宇，

高处不胜寒。

起舞弄清影，

何似在人间！

转朱阁，

低绮户，

照无眠。

不应有恨、何事偏向别时圆？

人有悲欢离合，

月有阴晴圆缺，

此事古难全。

但愿人长久，

千里共婵娟！

水调歌头

［宋］陈亮

不见南师久，

漫说北群空。

当场只手毕竟还我万夫雄。

自笑堂堂汉使，

得似洋洋河水，

依旧只流东。

且复穿庐拜，

会向藁街逢。

尧之都，

舜之壤，

禹之封。

于中应有一个半个耻臣戎。

万里腥膻如许，

千古英灵安在，

磅礴几时通？

胡运何须问？

赫日自当中！

水调歌头

重上井冈山

毛泽东

久有凌云志，

重上井冈山。

千里来寻故地，

旧貌变新颜。

到处莺歌燕舞，

更有潺潺流水，

高路入云端。

过了黄洋界，

险处不须看。

风雷动，

旌旗奋，

是人寰。

三十八年过去，

弹指一挥间。

可上九天揽月，

可下五洋捉鳖，

谈笑凯歌还。

世上无难事，

只要肯登攀。

水调歌头

游泳

毛泽东

才饮长沙水，

又食武昌鱼。

万里长江横渡，

极目楚天舒。

不管风吹浪打，

胜似闲庭信步，

今日得宽余。

子在川上曰：

逝者如斯夫！

风樯动，

龟蛇静，

起宏图。

一桥飞架南北，

天堑变通途。

更立西江石壁，

截断巫山云雨，

高峡出平湖。

神女应无恙，

当惊世界殊。

（15）念奴娇（一百字，又名百字令、酹江月、大江东去）

（平）平（仄）仄，

仄平（平）、（仄）仄（平）平平仄
　　　　　　　　　　△

（或仄平平（仄）仄、（仄）平平仄）。

（仄）仄（平）平平仄仄，

（仄）仄（平）平平仄。
　　　　　△

（仄）仄平平，

⊘平⊘仄，

仄仄平平仄。
　　　△

⊘平⊘仄，

⊘平平仄平仄。
　　　　△

⊘仄⊘仄平平（或⊘平⊘仄平平），

⊘平平仄（或仄仄平平），

仄仄平平仄。
　　　△

仄仄⊘平平仄仄，

仄仄⊘平平仄仄。
　　　　△

仄仄平平，

⊘平⊘仄，

仄仄平平仄。
　　　△

⊘平⊘仄，

⊘平平仄平仄①。
　　　　△

（这调一般用入声韵。前阕后七句与后阕后七句字数平仄相同）

念奴娇

赤壁怀古

［宋］苏轼

大江东去，

---

① 跟《水调歌头》一样，这个词调的平仄相当灵活，而且用拗句。

浪淘尽、千古风流人物。

故垒西边人道是，

三国周郎赤壁①。

乱石穿空，

惊涛拍岸，

卷起千堆雪。

江山如画，

一时多少豪杰！

遥想公瑾当年：

小乔初嫁了，

雄姿英发。

羽扇纶巾，谈笑间，

樯橹灰飞烟灭。

故国神游，

多情应笑，

我早生华发②。

人生如梦，

一樽还酹江月！

---

① 依语法结构，应该标点为："故垒西边，人道是三国周郎赤壁。"这里是按词谱断句。
② 依语法结构，应该标点为："多情应笑我，早生华发。"这里是按词谱断句。

念奴娇

登多景楼

［宋］陈亮

危楼还望，

叹此意、今古几人曾会？

鬼设神施浑认作，

天限南疆北界。

一水横陈，

连岗三面，

做出争雄势。

六朝何事，

只成门户私计。

因笑王谢诸人，

登高怀远，

也学英雄涕。

凭却江山管不到，

河洛腥膻无际。

正好长驱，

不须反顾，

寻取中流誓。

小儿破贼，

势成宁问强对!

（依语法结构，"浑认作"应连下读。这和苏轼《念奴娇》
"故垒西边人道是"一样，"人道是"也本该连下读的。
"管"字未拘平仄）

念奴娇

石头城，用东坡原韵

［元］萨都剌

石头城上，

望天低吴楚，

眼空无物。

指点六朝形胜地，

惟有青山如壁。

蔽日旌旗，

连云樯橹，

白骨纷如雪。

大江南北，

消磨多少豪杰!

寂寞避暑离宫，

东风辇路，

芳草年年发。

落日无人松径冷，

鬼火高低明灭。

歌舞樽前，

繁华镜里，

暗换青青发。

伤心千古，

秦淮一片明月！

（16）**沁园春**（一百十四字）

　　　　　㊊仄平平①，

　　　　　㊊仄平平，

　　　　　仄仄仄平。
　　　　　　　　△

　　　　　仄平平仄仄（上一下四）②，

　　　　　㊉平㊊仄；

　　　　　㊉平㊊仄，

　　　　　㊊仄平平。
　　　　　　　　△

　　　　　㊊仄平平，

　　　　　㊉平㊊仄，

　　　　　㊊仄平平㊊仄平。
　　　　　　　　　　△

　　　　　平㊉仄，

　　　　　仄㊉平㊊仄（上一下四），

　　　　　㊊仄平平。
　　　　　　　　△

———————————————

①第一句可以用韵。

②调中有四句"仄平平仄仄"，都应该了解为上一下四，即仄＋平平仄仄。

⊙平⊙仄平平[①]。
△

⊙仄仄、平平⊙仄平。
　　　　　△

仄⊙平⊙仄（上一下四），

⊙平⊙仄；

⊙平⊙仄，

⊙仄平平。
　　△

⊙仄平平，

⊙平⊙仄，

⊙仄平平⊙仄平。
　　　　　△

平⊙仄（或仄平仄），

仄⊙平⊙仄（上一下四），

⊙仄平平。
　　△

（前阕后九句与后阕后九句字数平仄相同。此调一般都用较多的对仗）

沁园春

梦方孚若

［宋］刘克庄

何处相逢？

登宝钗楼，

---

① 这一句，依《词律》应分两句，即平平，仄仄平平。但是，一般都作六字句。

访铜雀台。

唤厨人斫就,

东溟鲸脍;

围人呈罢,

西极龙媒。

天下英雄,

使君与操,

余子谁堪共酒杯?

车千乘,

载燕南代北,

剑客奇材。

饮酣鼻息如雷。

谁信被、晨鸡催唤回?

叹年光过尽,

功名未立;

书生老去,

机会方来。

使李将军,

遇高皇帝,

万户侯何足道哉?

披衣起,

但凄凉回顾,

慷慨生哀！

（"铜"字未拘平仄）

沁园春

雪

毛泽东

北国风光，

千里冰封，

万里雪飘。

望长城内外，

惟余莽莽；

大河上下，

顿失滔滔。

山舞银蛇，

原驰蜡象，

欲与天公试比高。

须晴日，

看红装素裹，

分外妖娆。

江山如此多娇。

引无数英雄竞折腰。

惜秦皇汉武，

略输文采；

唐宗宋祖，

稍逊风骚。

一代天骄，

成吉思汗①，

只识弯弓射大雕。

俱往矣，

数风流人物，

还看今朝。

第三节　词韵，词的平仄和对仗

(一)词韵

关于词韵，并没有任何正式的规定。戈载的《词林正韵》，把平上去三声分为十四部，入声分为五部，共十九部。据说是取古代著名词人的词，参酌而定的，从前遵用的人颇多。其实这十九部不过是把诗韵大致合并，和上章所述古体诗的宽韵差不多。现在把这十九部开列在后面，以供参考②。

(甲)平上去声十四部

(1)平声东冬，上声董肿，去声送宋。

---

① 成吉思汗是蒙古人名，不拘平仄。
② 戈载《词林正韵》的韵目依照《集韵》，现在改为"平水韵"（即第四章第二、六两节所讲的诗韵），以归一律。

（2）平声江阳，上声讲养，去声绛漾。

（3）平声支微齐，又灰半[①]；上声纸尾荠，又贿半；去声寘未霁，又泰半、队半。

（4）平声鱼虞；上声语麌；去声御遇。

（5）平声佳半，灰半；上声蟹，又贿半；去声泰半、卦半、队半。

（6）平声真文，又元半；上声轸吻，又阮半；去声震问，又愿半。

（7）平声寒删先，又元半；上声旱潸铣，又阮半；去声翰谏霰，又愿半。

（8）平声萧肴豪，上声筱巧皓，去声啸效号。

（9）平声歌，上声哿，去声箇。

（10）平声麻，又佳半；上声马，去声祃，又卦半。

（11）平声庚青蒸，上声梗迥，去声敬径。

（12）平声尤，上声有，去声宥。

（13）平声侵，上声寝，去声沁。

（14）平声覃盐咸，上声感俭豏，去声勘艳陷。

（乙）入声五部

（1）屋沃。

（2）觉药。

（3）质物锡职缉。

（4）物月曷黠屑葉。

（5）合洽。

这十九部大约只能适合宋词的多数情况。其实在某些词人

---

①具体的字见于附录《诗韵举要》。下同。

的笔下,第六部早已与第十一部、第十三部相通,第七部早已与第十四部相通。其中有语音发展的原因,也有方言的影响。

入声韵的独立性很强。某些词在习惯上是用入声韵的,例如《忆秦娥》《念奴娇》等。

平韵与仄韵的界限也是很清楚的。某调规定用平韵,就不能用仄韵;规定用仄韵,就不能用平韵。除非有另一体。

只有上去两声是可以通押的。这种通押的情况在唐代古体诗中已经开始了。

(二)词的平仄

词的特点之一就是全部用律句或基本上用律句。最明显的律句是七言律句和五言律句。有些词,一读就知道这是从七绝或七律脱胎出来的。例如《浣溪沙》四十二字,就是六个律句组成的,很像一首不粘的七律,减去第三、第七两句。这词的后阕开头用对仗,就像律诗颈联用对仗一样。《菩萨蛮》前后阕末句本来用拗句(仄平平仄平),但是后代许多词人都用了律句,以至万树《词律》不能不在第三字注云"可仄"。如果前后阕末句都用了律句,那么,整首《菩萨蛮》都是七言律句和五言律句组成的了。不过要注意一点:词句常常是不粘不对的。像《菩萨蛮》开头两句虽然都是律句,但它们的平仄不是对立的。

不但五字句、七字句多数是律句,连三字句、四字句、六字句、八字句、九字句、十一字句等,也多数是律句。现在分别加以叙述。

三字句

三字句是用七言律句或五言律句的三字尾。即:平平仄,平仄仄,仄平平,仄仄平。平平仄如"须晴日",平仄仄如"俱往矣",仄平平如"照无眠"。两个三字律句用在一起如"青箬笠,绿蓑衣"。

四字句

四字句是用七言律句的上四字。即:⊕平⊕仄,⊕仄平平。⊕平⊕仄如"天高云淡",⊕仄平平如"怒发冲冠"。两个四字律句用在一起如"唐宗宋祖,稍逊风骚"。如果先平脚,后仄脚,则如"乱石穿空,惊涛拍岸"。

六字句

六字句是四字句的扩展,我们把平起变为仄起,仄起变为平起,就扩展成为六字句。即:⊕仄⊕平⊕仄,⊕平⊕仄平平。⊕仄⊕平⊕仄如"我欲乘风归去",⊕平⊕仄平平如"红旗漫卷西风"。两个六字律句用在一起如"今日长缨在手,何时缚住苍龙"。

八字句

八字句往往是上三下五。如果第三字用仄声,则第五字往往用平声;如果第三字用平声,则第五字往往用仄声。下五字一般都用律句。第三字用仄声的如"引无数英雄竞折腰"。第三字用平声的如"莫等闲、白了少年头"。

九字句

九字句往往是上三下六,或上六下三,或上四下五。一般都用两个律句组合而成,至少下六字或下五字是律句。如"浪淘尽、千古风流人物"。

十一字句①

十一字句往往是上四下七，或上六下五。下五字往往是律句。如"不应有恨、何事偏向别时圆"。又如"不知天上宫阙、今夕是何年"。

词中还有二字句、一字句、一字豆②。现在再分别加以叙述。

二字句

二字句一般是平仄（第一字平声，第二字仄声），而且往往是叠句。如"山下，山下"。又如王建《调笑令》，"团扇，团扇。……弦管，弦管"。个别词牌也用平平。如辛弃疾《南乡子》："千古兴亡多少事，悠悠！……天下英雄谁敌手？曹刘。"

一字句

一字句很少见。只有十六字令的第一句是一字句。

一字豆

一字豆是词的特点之一。懂得一字豆，才不至于误解词句的平仄。有些五字句，实际上是上一下四。例如"望长城内外"，"望"字是一字豆，"长城内外"是四字律句。这样，"长城内外，惟余莽莽"和"大河上下，顿失滔滔"就成为整齐的对仗。

特种律

特种律句主要指的是比较特别的仄脚四字句和六字句。仄

---

① 十字句罕见，不讨论。

② 豆，就是读（dòu）。句中稍有停顿叫豆。一字豆不须点断，只须把五字句看成"上一下四"就是了。

脚四字律句是"㊤平㊄仄",但是特种律句则是"㊄平平仄"(第三字必平);仄脚六字律句是"㊄仄㊤平㊄仄",但是特种律句则是"㊄仄仄平平仄"(第五字必平)。《忆秦娥》前后阕末句,依《词律》就该是特种律句。其实,前后阕倒数第二句也常常用特种律句。如"马蹄**声**碎,喇叭**声**咽","苍山**如**海,残阳**如血**"。《如梦令》的六字句也常用特种律句。如"宁化、清流、**归化**,路隘林深**苔滑**","直指武夷山下","风展红旗**如画**"。又如"昨夜雨疏**风骤**,浓睡不消**残酒**","却道海棠**依**旧","应是绿肥**红瘦**"。

拗句

大多数的词牌都是没有拗句的。但是也有少数词牌用一些拗句。例如《念奴娇》前后阕末句(如"一时多少豪杰","一樽还酹江月"),《水调歌头》前阕第三句上六字(如"不知天上宫阙"),后阕第四句上六字(如"一桥飞架南北"),都是"㊤平平仄平仄",就都是拗句。

总之,从律句去了解词的平仄,十分之九的问题都解决了①。

(三)词的对仗

词的对仗,有固定的,有一般用对仗的,有自由的。

固定的对仗,例如《西江月》前后阕头两句。此类固定的对仗是很少见的。

---

① 关于词的平仄,还有许多讲究。如有些地方该用去声,有的地方该用上声,又有人以为入声、上声可以代替平声。这只是技巧的事或变通的办法,不必认为格律,所以略而不讲。

一般用对仗的(但也可以不用),例如《沁园春》前阕第二三两句、第四五句和第六七句、第八九两句;后阕第三四句和第五六句、第七八两句。又如《念奴娇》前后阕第五、六两句。又如《浣溪沙》后阕头两句。

《沁园春》前阕第四五、六七两联,如"望长城内外,惟余莽莽;大河上下,顿失滔滔"。后阕第三四、五六两联,如"惜秦皇汉武,略输文采;唐宗宋祖,稍逊风骚"。这是以两句对两句,跟一般对仗不同。像这样以两句对两句的对仗,称为扇面对①。

凡前后两句字数相同的,都有用对仗的可能。例如《忆秦娥》前后阕末两句,《水调歌头》前阕第五六两句,后阕第六七两句,等等。但是这些地方用不用对仗完全是自由的。

词的对仗,有两点和律诗不同。第一,词的对仗不一定要以平对仄,以仄对平。如"千里冰封,万里雪飘";又如"望长城内外,惟余莽莽;大河上下,顿失滔滔"(城对河,是平对平;外对下,是仄对仄)。第二,词的对仗可以允许同字相对。如"千里冰封"对"万里雪飘",又如"马蹄声碎"对"喇叭声咽","苍山如海"对"残阳如血"。

除了这两点之外,词的对仗跟诗的对仗是一样的。

词韵、词的平仄和对仗都是从律诗的基础上加以变化的。因此,要研究词,最好是先研究律诗。律诗研究好了,词就容易懂了。

_____

①诗也有扇面对,但不如词的扇面对那样常见。

第十章　词的律句、拗句和对仗

第一节　律句

　　词虽是长短句,但基本上用的是律句。非但五字句、七字句绝大多数是律句,连三字句、四字句、六字句也绝大多数是律句。三字句可以认为是七言律句的末三字,四字句可以认为是七言律句的前四字,六字句可以认为是七言律句的前六字。

　　现在先谈七言律句和五言律句。有些词是完全由七言律句构成的。例如:

浣溪沙

[北宋]苏轼

麻叶层层檾叶光。
谁家煮茧一村香?
隔篱娇语络丝娘。

垂白杖藜抬醉眼,
捋青捣炒软饥肠。
问言豆叶几时黄?

有些词是完全由五言律句构成的。例如:

生查子(题京口郡治尘表亭)

[南宋]辛弃疾

悠悠万世功,

矻矻当年苦①。

鱼自入深渊，
人自居平土。

红日又西沉，
白浪长东去。
不是望金山，
我自思量禹。

有些词是五言律句与七言律句合成的。例如：

卜算子

[南宋]朱敦儒

旅雁向南飞，
风雨群相失。

饥渴辛勤两翅垂，
独下寒汀立。

鸥鹭苦难亲，
矰缴忧相逼。

云海茫茫无处归，
谁听哀鸣急？

---

① "矻"读 wù，入声。

词的律句比诗的律句更为严格,不容许有变格。这就是说:

(一)平仄脚,五言第三字必平,七言第五字必平。例如:

一任群芳妒。(陆游《卜算子》)

波上寒烟翠。(范仲淹《苏幕遮》)

六朝旧事随流水。(王安石《桂枝香》)

芭蕉不展丁香结。(贺铸《石州引》)

八千里路云和月。(岳飞《满江红》)

(二)仄仄脚,五言第三字必平,七言第五字必平。例如:

小乔初嫁了。(苏轼《念奴娇》)

玉阶空伫立。(李白《菩萨蛮》)

塞下秋来风景异。(范仲淹《渔家傲》)

无可奈何花落去。(晏殊《浣溪沙》)

夜饮东坡醒复醉①。(苏轼《临江仙》)

(三)仄平脚,五言第三字必仄,七言第五字必仄②。例如:

云随雁字长。(晏几道《阮郎归》)

殷勤理旧狂。(同上)

_____

①"醒"读 xīng。

②有个别例外,如秦观"枕上流莺和泪闻"。

饥渴辛勤两翅垂。（朱敦儒《卜算子》）

零落成泥碾作尘。（陆游《卜算子》）

一片春愁带酒浇。（蒋捷《一剪梅》）

(四)平平脚,五言第三字必仄,七言第五字必仄。例如：

帘外雨潺潺。（李煜《浪淘沙》）

月上柳梢头。（朱淑真《生查子》）

稻花香里说丰年①。（辛弃疾《西江月》）

当年万里觅封侯。（陆游《诉衷情》）

老夫聊发少年狂。（苏轼《江城子》）

现在说到三字句,三字句有平平仄、平仄仄、仄仄平、仄平平四种。例如：

流年改。（陆游《沁园春》）

多少恨。（李煜《忆江南》）

汴水流。（白居易《长相思》）

月如钩。（李煜《乌夜啼》）

再说到四字句。四字句有㊤平㊣仄、㊣仄平平两种：

———————————

①"说"是入声字。

（一）⑰平⑭仄。例如：

惊涛拍岸。（苏轼《念奴娇》）

登临送目。（王安石《桂枝香》）
　　△

西窗过雨。（王沂孙《齐天乐》）
　　△

茫茫梦境。（陆游《沁园春》）

青楼梦好。（姜夔《扬州慢》）

这个句型，第一字可仄，但是比较少见。例如：

不应有恨。（苏轼《水调歌头》）
·

另有一种特定句型是仄平平仄，第三字必须用平声，不能用
仄声。这种句型比上述的那种句型多得多。这是词句的特点，
特别值得注意。例如：

灞陵伤别。（李白《忆秦娥》）①
　　　△

汉家陵阙。（同上）

翠峰如簇。（王安石《桂枝香》）

画图难足。（同上）

谩嗟荣辱。（同上）

_____

① 《忆秦娥》词谱规定用这个特定句型。下仿此。

后庭遗曲。（同上）

月流烟渚。（张元干《贺新郎》）

气吞骄虏。（同上）

玉筝调柱。（王沂孙《齐天乐》）

顿成凄楚。（同上）

露浓花瘦。（李清照《点绛唇》）

倚门回首。（同上）

这个句型，第一字可平，但是比较少见。例如：

江山如画。（苏轼《念奴娇》）

雄姿英发。（同上）

多情应笑。（同上）

人生如梦。（同上）

(二)⊗仄平平，第三字必须用平声，不能用仄声。例如：

乱石穿空。（苏轼《念奴娇》）

故国神游。（同上）

乍咽凉柯。（王沂孙《齐天乐》）

镜暗妆残。（同上）

病翼惊秋。（同上）

谩想熏风。（同上）

再过辽天。(陆游《沁园春》)

毕竟成尘。(同上)

载酒园林。(同上)

点鬓霜新。(同上)

更有人贫。(同上)

躲尽危机。(同上)

这个句型第一字可平,音韵效果是一样的。例如:

春意阑珊。(李煜《浪淘沙》)

无限江山。(同上)

天上人间。(同上)

杨柳风轻。(冯延巳《蝶恋花》)

红杏开时。(同上)

再说到六字句,六字句有仄仄平平仄仄、平平仄仄平平两种。

(一)仄仄平平仄仄,注意第三字用平声。例如:

三国周郎赤壁。(苏轼《念奴娇》)

千古凭高对此。(王安石《桂枝香》)

未放扁舟夜渡①。(张元幹《贺新郎》)

---

①"扁"读 piān。

料峭春寒中酒。（吴文英《风入松》）

惆怅双鸳不到。（同上）

赢得仓皇北顾。（辛弃疾《永遇乐》）

一片神鸦社鼓。（同上）

（二）④平④仄平平，注意第五字用平声。例如：

归来仿佛三更。（苏轼《临江仙》）

何时忘却营营？（同上）

清风半夜鸣蝉。（辛弃疾《西江月》）

两三点雨山前。（同上）

交亲散落如云。（陆游《沁园春》）

交加晓梦啼莺。（吴文英《风入松》）

幽阶一夜苔生。（同上）

钱塘自古繁华。（柳永《望海潮》）

参差十万人家。（同上）

重湖叠巘清嘉。（同上）

嬉嬉钓叟莲娃。（同上）

梦回吹角连营。（辛弃疾《破阵子》）

弓如霹雳弦惊。（同上）

解鞍少驻初程。（姜夔《扬州慢》）

吹寒都在空城。（同上）

年年知为谁生？（同上）

另有一种特定句型是⑪仄⑪平平仄，第五字必平。这和四字句第三字必平一样，是词律的特点。例如：

千古风流人物。（苏轼《念奴娇》）

樯橹灰飞烟灭。（同上）

二十四桥仍在。（姜夔《扬州慢》）

远客一枝先折。（贺铸《石州慢》）

杳杳音尘都绝。（同上）

何况落红无数。（辛弃疾《摸鱼儿》）

脉脉此情谁诉？（同上）

此外，还有八字句、九字句、十字句、十一字句。八字句是上三下五；九字句是上三下六或上五下四；十字句是上三下七；十一字句一般是上六下五，也有上四下七的。例如：

莫等闲、白了少年头。（岳飞《满江红》）

待从头、收拾旧山河。（同上）

正人间、鼻息鸣鼍鼓。（张元幹《贺新郎》）

过苕溪、尚许垂纶否？（同上）

浪淘尽、千古风流人物。（苏轼《念奴娇》）

驾长车踏破、贺兰山缺。（岳飞《满江红》）

见说道、天涯芳草无归路。（辛弃疾《摸鱼儿》）

君不见、玉环飞燕皆尘土！（同上）

不知天上宫阙、今夕是何年。（苏轼《水调歌头》）
当场只手、毕竟还我万夫雄。（陈亮《水调歌头》）

　　如果是上六下五，则上半是拗句（仄平平仄平仄），下半是律句（仄仄仄平平）；如果是上四下七，则上半是律句（平平仄仄），下半是拗句（平仄平仄仄平平）。

　　有些四字句，其实是上一下三。上一字一般用仄声，下三字用律句。例如张孝祥《六州歌头》"念腰间箭"。

　　有些五字句，其实是上一下四。上一字一般用仄声，下四字用律句，即平平平仄仄。例如：

有三秋桂子。（柳永《望海潮》）

叹移盘去远。（王沂孙《齐天乐》）

叹围腰带剩。（陆游《沁园春》）

有渔翁共醉。（同上）

过春风十里。（姜夔《扬州慢》）

使行人到此。（张孝祥《六州歌头》）

而且往往用词律特定的律句，即仄平平仄。例如：

念累累枯冢①。（陆游《沁园春》）

幸眼明身健。（同上）

────────

① "累"读 léi，平声。

渐黄昏清角。（姜夔《扬州慢》）

念桥边红药。（同上）

恰而今时节。（贺铸《石州慢》）

两厌厌风月①。（同上）

看名王宵猎。（张孝祥《六州歌头》）

不要误会某些是拗句（在五言律诗中，仄平平平仄是拗句，因为第二、四皆平），其实都是词中的律句。

又有一些平脚的五字句，上一下四。上一字一般用仄声，下四字用律句，即Ⓐ仄仄平平，倒数第二字必平②。例如：

怪瑶佩流空。（王沂孙《齐天乐》）

甚独抱清商。（同上）

在第二、四字都用平声的时候，也不要误会是拗句。

有些七字句是上三下四，一般用的是三字律句加四字律句，或者是三字拗句加四字律句，或者是三字律句加四字拗句。例如：

背西风、酒旗斜矗。（王安石《桂枝香》）

念往昔、繁华竞逐。（同上）

---

① "厌"读 yān，平声。

② 王安石《桂枝香》"正故国晚秋"，"晚"字仄声，是例外。

但寒烟、衰草凝绿。（同上）

倚高寒、愁生故国。（张元斡《贺新郎》）

谩暗涩、铜华尘土。（同上）

一丝柳、一寸柔情。（吴文英《风入松》）

有当时、纤手香凝。（同上）

凭阑处、潇潇雨歇。（岳飞《满江红》）

抬望眼、仰天长啸。（同上）

想当年、金戈铁马。（辛弃疾《永遇乐》）

凭谁问、廉颇老矣。（同上）

二十年、重过南楼。（刘过《唐多令》）

旧江山、浑是新愁。（同上）

自胡马、窥江去后。（姜夔《扬州慢》）

算而今，重到须惊。（同上）

波心荡、冷月无声。（同上）

常南望，翠葆霓旌。（张孝祥《六州歌头》）

第二节　拗句

词句虽然大多数是律句,但是某些词谱又规定一些拗句,就是必须用拗,不能用律。例如:

四字句

仄仄仄平。

换尽旧人。（陆游《沁园春》）

平仄平仄。
△

孙仲谋处。（辛弃疾《永遇乐》）
△

仄平仄仄。
△

尚能饭否？（同上）
△

五字句

仄平平仄平①。
△

有人楼上愁。（李白《菩萨蛮》）
△

日长飞絮轻。（晏殊《破阵子》）
·　　　△

笑从双脸生。（同上）
△

平仄仄平仄。
△

烟柳断肠处。（辛弃疾《摸鱼儿》）
△

六字句

仄平平仄平仄。（第一字必仄）
△

一时多少豪杰。（苏轼《念奴娇》）
·　　　　　△

一樽还酹江月。（同上）
·　　　　　△

㊏平㊏仄平仄。
△

关河梦断何处。（陆游《诉衷情》）
△

平平平仄平仄。（第一、三字必平）
△

蛾眉曾有人妒。（辛弃疾《摸鱼儿》）
△

铜仙铅泪如洗。（王沂孙《齐天乐》）
△

平平仄平平仄。
△

①这是孤平拗救，虽然词谱说第一字可平，实际上以仄声为正格。

年年翠阴庭树。（王沂孙《齐天乐》）

七字句

　　仄仄仄平平平仄。

　　唤取谪仙平章看。（张元幹《贺新郎》）

　　仄平平仄仄平仄。

　　为谁娇鬟尚如许。（王沂孙《齐天乐》）

　　平仄平仄仄平平。

　　何事常向别时圆。（苏轼《水调歌头》）

　　仄仄仄、平平仄平。

　　被白发、欺人奈何。（辛弃疾《太常引》）

　　人道是、清光更多。（同上）

　　当然，所谓拗句，只是对律句而言的说法。其实就词来说，既然词谱规定了这些句型，那就应该说这不是拗句，而是正格了。

第三节　对仗

　　词的对仗，没有硬性规定，只要前后两句字数相等，就可以用对仗，也可以不用对仗。只有少数词谱，习惯上是要用对仗的。例如：

　　（一）《西江月》前后阕第一、二两句：

　　　　明月别枝惊鹊，清风半夜鸣蝉。

　　　　七八个星天外，两三点雨山前。（辛弃疾）

（二）《浣溪沙》第四、五两句：

　　无可奈何花落去,似曾相识燕归来。（晏殊）

（三）《沁园春》前阕第八、九两句,后阕第七、八两句：

　　载酒园林,寻花巷陌。

　　躲尽危机,消残壮志。（陆游）

（四）《诉衷情》后阕第一、二句：

　　胡未灭,鬓先秋。（陆游）

（五）《念奴娇》前阕第五、六两句：

　　乱石穿空,惊涛拍岸。（苏轼）

（六）《水调歌头》后阕第五、六两句：

　　人有悲欢离合,月有阴晴圆缺。（苏轼）

（七）《鹧鸪天》前阕第三、四两句：

　　一春鱼鸟无消息,千里关山劳梦魂。（秦观）

（八）《齐天乐》后阕第四、五两句：

　　病翼惊秋,枯形阅世。（王沂孙）

（九）《满江红》前阕第五、六两句,后阕第六、七两句：

　　三十功名尘与土,八千里路云和月。

　　壮志饥餐胡虏肉,笑谈渴饮匈奴血。（岳飞）

（十）《望海潮》前后阕第四、五两句,又前阕第十、十一两句：

　　烟柳画桥,风帘翠幕。

　　市列珠玑,户盈罗绮。

　　羌管弄晴,菱歌泛夜。（柳永）

（十一）《长相思》前后阕第一、二两句：

汴水流，泗水流。

思悠悠，恨悠悠。（白居易）

（十二）《相见欢》后阕第一、二两句：

剪不断，理还乱。（李煜）

（十三）《桂殿秋》第一、二两句，又第四、五两句：

秋色里，月明中。

蟠桃已结瑶池露，桂子初开玉殿风。（向子諲）

（十四）《破阵子》前后阕第一、二两句，又第三、四两句：

醉里挑灯看剑，梦回吹角连营。

八百里分麾下炙，五十弦翻塞外声。

马作的卢飞快，弓如霹雳弦惊。

了却君王天下事，赢得生前身后名。（辛弃疾）

（十五）《阮郎归》后阕第一、二两句：

兰佩紫，菊簪黄。（晏几道）

有些词谱的对仗更随便，更自由，可对可不对。下面所举的例子，就是可对可不对的：

（一）《桂枝香》前阕第八、九两句：

彩舟云淡，星河鹭起。（王安石）

（二）《清平乐》后阕第一、二两句：

大儿锄豆溪东，中儿正织鸡笼。（辛弃疾）

（三）《诉衷情》后阕末两句：

心在天山，身老沧洲。（陆游）

（四）《风入松》前后阕末两句：

料峭春寒中酒,交加晓梦啼莺。

惆怅双鸳不到,幽阶一夜苔生①。(吴文英)

(五)《一剪梅》前后阕第二、三两句和第五、六两句:

江上舟摇,楼上帘招。

风又飘飘,雨又潇潇。

银字筝调,心字香烧。

红了樱桃,绿了芭蕉!(蒋捷)

(六)《生查子》前阕末两句:

月上柳梢头,人约黄昏后。(朱淑真)

(七)《江城子》前后阕第二、三两句:

左牵黄,右擎苍②。(苏轼)

(八)《苏幕遮》前后阕第一、二句:

碧云天,黄叶地。

黯乡魂,追旅思。(范仲淹)

(九)《最高楼》前阕第四、五两句,第六、七两句,第九、十两句;后阕第一、二两句,第三、四两句,第五、六两句,第八、九两句:

八音相应谐韶乐,一声未了落梁尘。

轻郢客,重巴人。

只少个、绿珠横玉笛,

更少个、雪儿弹锦瑟。

---

①这一联半对半不对。

②苏轼在后阕没有用对仗。

欺贺晏，压黄秦。

可怜樵唱并菱曲，不逢御手与龙巾。

篷底月，瓮间春。（刘克庄）

（十）《石州慢》前阕第一、二两句，后阕第二、三两句：

薄雨收寒，斜照弄晴。

画楼芳酒，红泪清歌。（贺铸）

（十一）《六州歌头》前阕第三、四两句，第八、九两句，第十、十一两句：

征尘暗，霜风劲。

殆天数，非人力。

洙泗上，弦歌地。（张孝祥）

有时候，不是两句对仗，而是三句排比。但这种情况是少见的。例如：

时易失，心徒壮，岁将零。（张孝祥《六州歌头》）

如果四字句是上一下三，应该看作三字句与下面三字句对仗，上一字不算在对仗之内。例如：

念腰间箭，匣中剑。（张孝祥《六州歌头》）

如果五字句是上一下四，应该看作四字句与下面四字句对仗，上一字不算在对仗之内。例如：

有三秋桂子，十里荷花。（柳永《望海潮》）

幸眼明身健，茶甘饭软。（陆游《沁园春》）

纵豆蔻词工，青楼梦好。（姜夔《扬州慢》）

但荒烟衰草，乱鸦斜日。（萨都剌《满江红》）

有一种对仗,叫做扇面对,就是把两句作为上联,两句作为下联,四句构成一个对仗。这种扇面对往往出现在《沁园春》中,特别值得注意。例如:

甚云山自许,平生意气;衣冠人笑,抵死尘埃。

要小舟行钓,先应种柳;疏篱护竹,莫碍观梅。

（辛弃疾《沁园春·带湖新居初成》）

正惊湍直下,跳珠倒溅;小桥横截,缺月初弓。

似谢家子弟,衣冠磊落;相如庭户,车骑雍容。

（辛弃疾《沁园春·灵山齐庵赋》）

唤厨人斫就,东溟鲸脍;围人呈罢,西极龙媒。

叹年光过尽,功名未立;书生老去,机会方来。

（刘克庄《沁园春·梦孚若》）

古体诗中的对仗,不避同字相对。词也一样,某些词谱是不避同字相对的。例如:

人有悲欢离合,月有阴晴圆缺。（苏轼《念奴娇》）

汴水流,泗水流。

思悠悠,恨悠悠。（白居易《长相思》）

大儿锄豆溪东,中儿正织鸡笼。（辛弃疾《清平乐》）

江上舟摇,楼上帘招。

风又飘飘,雨又潇潇。

银字筝调,心字香烧。

红了樱桃,绿了芭蕉。(蒋捷《一剪梅》)

只少个、绿珠横玉笛,

更少个、雪儿弹锦瑟。(刘克庄《最高楼》)

律诗的对仗,上联的平仄和下联的平仄是对立的。词的对仗有两个类型:第一个类型和律诗的平仄一样,平对仄,仄对平;第二个类型和律诗的平仄不一样,或者上下联平仄完全相同,或者以平仄脚对仄仄脚,或者以平仄脚对平平脚,或者以平平脚对平仄脚。这些都是词谱里规定了的。关于第二类型的对仗,举例如下:

(一)上下联平仄完全相同者:

人有悲欢离合,

月有阴晴圆缺。(苏轼《水调歌头》)

江上舟摇,

楼上帘招。(蒋捷《一剪梅》)

左牵黄,

右擎苍。(苏轼《江城子》)

征尘暗,

霜风劲。(张孝祥《六州歌头》)

荒烟衰草,

乱鸦斜日。(萨都剌《满江红》)

眼明身健,

茶甘饭软。(陆游《沁园春》)

(二)以平仄脚对仄仄脚者:

三十功名尘与土，

八千里路云和月。（岳飞《满江红》）

（三）以平仄脚对平平脚者：

月上柳梢头，

人约黄昏后①。（朱淑真《生查子》）

（四）以平平脚对平仄脚者：

八音相应谐韶乐，

一声未了落梁尘。（刘克庄《最高楼》）

可怜樵唱并菱曲，

不逢御手与龙巾。（同上）

---

①字下的圆圈表示上下联平仄相同。

第十一章　诗词的节奏
及其语法特点

第一节　诗词的节奏

诗词的节奏和语句的结构是有密切关系的。换句话说,也就是和语法有密切关系的。因此,我们把节奏问题放在这里来讲。

(一)诗词的一般节奏

这里所讲的诗词的一般节奏,也就是律句的节奏。律句的节奏,是以每两个音节(即两个字)作为一个节奏单位的。如果是三字句、五字句和七字句,则最后一个字单独成为一个节奏单位。具体说来,如下表:

三字句:

　　平平——仄　仄仄——平

　　平仄——仄　仄平——平

四字句:

　　平平——仄仄　仄仄——平平

五字句:

　　仄仄——平平——仄　平平——仄仄——平

　　平平——平仄——仄　仄仄——仄平——平

六字句:

　　仄仄——平平——仄仄　平平——仄仄——平平

七字句:

　　平平——仄仄——平平——仄　仄仄——平平——仄

仄——平

仄 仄——平 平——平 仄——仄　平 平——仄 仄——仄

平——平

　　从这一个角度上看,"一三五不论,二四六分明"这两句口诀是基本上正确的:第一、第三、第五字不在节奏点上,所以可以不论;第二、第四、第六字在节奏点上,所以需要分明①。

　　意义单位常常是和声律单位结合得很好的。所谓意义单位,一般地说就是一个词(包括复音词)、一个词组、一个介词结构(介词及其宾语)、或一个句子形式,所谓声律单位,就是节奏。就多数情况来说,二者在诗句中是一致的。因此,我们试把诗句按节奏来分开,每一个双音节奏常常是和一个双音词、一个词组或一个句子形式相当的。

　　例如:

　　　　西风——烈,长空——雁叫——霜晨——月。(毛泽东)
　　　　指点——江山,激扬——文字,粪土——当年——万户——侯。(毛泽东)
　　　　宁化——清流——归化,路隘——林深——苔滑。(毛泽东)
　　　　天连——五岭——银锄——落,地动——三河——铁臂——摇。(毛泽东)
　　　　晴川——历历——汉阳——树,芳草——萋萋——鹦鹉——洲。(崔颢)

----

①这两句口诀之所以不完全正确,是由于其他声律的原因,已见上文。

别来——沧海——事，语罢——暮天——钟。（李益）

应当指出，三字句，特别是五言、七言的三字尾，三个音节的结合是比较密切的，同时，节奏点也是可以移动的。移动以后，就成为下面的另一种情况：

三字句：

平——平仄　仄——仄平

平——仄仄　仄——平平

五字句：

仄仄——平——平仄　平平——仄——仄平

平平——平——仄仄　仄仄——仄——平平

七字句：

平 平——仄 仄——平——平 仄　仄 仄——平 平——

仄——仄平

仄 仄——平 平——平——仄 仄　平 平——仄 仄——

仄——平平

我们试看，另一种诗句则是和上述这种节奏相适应的：

须——晴日。（毛泽东）

起——宏图。（毛泽东）

雨后——复——斜阳。（毛泽东）

六亿——神州——尽——舜尧。（毛泽东）。

海月——低——云旆，江霞——入——锦车。（钱起）

乱花——渐欲——迷——人眼，浅草——才能——没——

马蹄。（白居易）

实际上，五字句和七字句都可以分为两个较大的节奏单位：五字句分为二三，七字句分为四三。这样，不但把三字尾看成一个整体，连三字尾以外的部分也看成一个整体。这样分析更合于语言的实际，也更富于概括性。例如：

雨后——复斜阳。

别来——沧海事，语罢——暮天钟。

天连五岭——银锄落，地动三河——铁臂摇。

晴川历历——汉阳树，芳草萋萋——鹦鹉洲。

五字句分为二三，七字句分为四三，这是符合大多数情况的。但是节奏单位和语法结构的一致性也不能绝对化，有些特殊情况是不能用这个方式来概括的。例如有所谓折腰句，按语法结构是三一三。陆游《秋晚登城北门》："一点烽传散关信，两行雁带杜陵秋。"如果分为两半，那就只能分成三四，而不能分成四三。又如毛主席的《沁园春·长沙》："粪土当年万户侯"，这个七字句如果要采用两分法，就只能分成二五（"粪土——当年万户侯"），而不能分成四三；又如毛主席的《七律·赠柳亚子先生》"风物长宜放眼量"，这个七字句也只能分成二五（"风物——长宜放眼量"），而不能分成四三。还有更特殊的情况。例如王维《送严秀才入蜀》"山临青塞断，江向白云平"；杜甫《春宿左省》"星临万户动，月傍九霄多"；李白《渡荆门送别》"山随平野尽，江入大荒流"。"临青塞""临万户""随平野""向白云""傍九霄""入大荒"，都是动宾结构作状语用，它们的作用等于一个介词结构，按二三分开是不合于语法结构的。又如杜甫《旅夜书怀》"名岂文章著，官应老病休"，按节奏单位应该分为二三或二二一，但按语法结构则应分为一四（"名——岂文章著，官——应老病休"），二者之间是有矛盾的。

杜甫《宿府》"永夜角声悲自语，中天月色好谁看"，按语法结构应该分成五二（"永夜角声悲——自语，中天月色好——谁看"）。王维《山居》"鹤巢松树遍，人访荜门稀"，按语法结构应该分成四一（"鹤巢松树——遍，人访荜门——稀"）。元稹《遣行》"寻觅诗章在，思量岁月惊"，按语法结构也应该分成四一（"寻觅诗章——在，思量岁月——惊"）。这种结构是违反诗词节奏三字尾的情况的。

在节奏单位和语法结构发生矛盾的时候，矛盾的主要方面是语法结构。事实上，诗人们也是这样解决了矛盾的。

当诗人们吟哦的时候，仍旧按照三字尾的节奏来吟哦，但并不改变语法结构来迁就三字尾。

节奏单位和语法结构的一致是常例，不一致是变例。我们把常例和变例区别开来，节奏的问题也就看清楚了。

（二）词的特殊节奏

词谱中有着大量的律句，这些律句的节奏自然是和诗的节奏一样的。但是，词在节奏上有它的特点，那就是那些非律句的节奏。

在词谱中，有些五字句无论按语法结构说或按平仄说，都应该认为一字豆加四字句（参看上文第五章第三节）。特别是后面跟着对仗,四字句的性质更为明显。试看毛主席《沁园春·长沙》:"看万山红遍,层林尽染;漫江碧透,百舸争流。"又试看毛主席《沁园春·雪》:"望长城内外,惟余莽莽;大河上下,顿失滔滔。"按四字句,应该是一三不论,第一字和第三字可平可仄,所以"万"字仄而"长"字平,"红"字平而"内"字仄。这里不能按律诗的五字句来分析,因为这是词的节奏特点。所以当我们分析节奏的时候,对这一种句子应该分析成为"仄——㊩平——㊂仄",而于具体的词句则分析成为"看——万山——红遍","望——长城——内外"。这样,节奏单位和语法结构还是完全一致的。

毛主席《沁园春·长沙》后阕:"恰同学少年,风华正茂;书生意气,挥斥方遒。"也有类似的情况。按词谱,"同学少年"应是㊩平㊂仄,现在用了㊂仄㊩平是变通。从"恰同学少年"这个五字句来说,并不犯孤平,因为这是一字豆加四字句,不能看成是五字律句。

不用对仗的地方也可以有这种五字句。仍以《沁园春》为例。毛主席《沁园春·长沙》前阕:"问苍茫大地,谁主沉浮?"后阕:"到中流击水,浪遏飞舟。"《沁园春·雪》前阕:"看红装素裹,分外妖娆。"后阕:"数风流人物,还看今朝。"其中的五字句,无论按语法结构或者是按平仄,都是一字豆加四字句。"大""击""素""人"都落在四字句的第三字上,所以不拘平仄。

五字句也可以是上三下二,平仄也按三字句加二字句。例如张元幹《石州慢》前阕末句"倚危樯清绝",后阕末句"泣孤臣吴越",它的节奏是"仄平平——平仄"。

四字句也可以是一字豆加三字句。例如张孝祥《六州歌头》："念腰间箭,匣中剑,空埃蠹,竟何成!"其中的"念腰间箭",就是这种情况。

　　七字句也可以是上三下四。例如辛弃疾《摸鱼儿》："更能消几番风雨?"又如辛弃疾《太常引》："人道是清光更多①。"

　　八字句往往是上三下五,九字句往往是上三下六,或上四下五,十一字句往往是上五下六,或上四下七,这些都在上文谈过了,值得注意的是语法结构和节奏单位的一致性。

　　在这一类的情况下,词谱是先有句型,后有平仄规则的。例如《沁园春》末两句,在陆游词中是"有渔翁共醉,溪友为邻",这个句型就是一个一字豆加两个四字句,然后规定这两句的节奏是"仄——⑰平⑭仄,⑭仄平平"。又如《沁园春》后阕第二句,在陆游词中是"又岂料而今余此身",这个句型是上三下五,然后规定它的节奏是"仄⑭仄——平平⑭仄平"。在这里,语法结构对词的节奏是起决定作用的。

第二节　诗词的语法特点

　　由于文体的不同,诗词的语法和散文的语法不是完全一样的。律诗为字数及平仄规则所制约,要求在语法上比较自由;词既以律句为主,它的语法也和律诗差不多。这种语法上的自由,不但不妨碍读者的了解,而且有时候还在一定程度上增加艺术

---

①这是一个拗句,这里不详细讨论。

效果。

关于诗词的语法特点，这里也不必详细讨论，只拣重要的几点谈一谈。

(一)不完全句

本来，散文中也有一些不完全的句子，但那是个别情况。在诗词中，不完全句则是经常出现的。诗词是最精练的语言，要在短短的几十个字中，表现出尺幅千里的画面，所以有许多句子的结构就非压缩不可。所谓不完全句，一般指没有谓语，或谓语不全的句子。最明显的不完全句是所谓名词句。一个名词性的词组，就算一句话。例如杜甫的《春日忆李白》中两联：

> 清新庾开府，俊逸鲍参军。
> 渭北春天树，江东日暮云。

若依散文的语法看，这四句话是不完整的，但是诗人的意思已经完全表达出来了。李白的诗，清新得像庾信的诗一样，俊逸得像鲍照的诗一样。当时杜甫在渭北（长安），李白在江东，杜甫看见了暮云春树，触景生情，就引起了甜蜜的友谊的回忆来。这个意思不是很清楚吗？假如增加一些字，反而令人感到是多余的了。

崔颢《黄鹤楼》："晴川历历汉阳树，芳草萋萋鹦鹉洲。"这里有四层意思："晴川历历"是一个句子，"芳草萋萋"是一个句子，"汉阳树"与"鹦鹉洲"则不成为句子。但是，汉阳树和晴川的关系,芳草和鹦鹉洲的关系,却是表达出来了。因为晴川历历,所以汉阳树更看得清楚了;因为芳草萋萋,所以鹦鹉洲更加美丽了。

杜甫《月夜》:"香雾云鬟湿,清辉玉臂寒。"这里也有四层意思:"云鬟湿"是一个句子形式,"玉臂寒"是一个句子形式,"香雾"和"清辉"则不成为句子形式。但是,香雾和云鬟的关系,清辉和玉臂的关系,却是很清楚了。杜甫怀念妻子,想象她在鄜州独自一个人观看中秋的明月,在乱离中怀念丈夫,深夜还不睡觉,云鬟为露水所侵,已经湿了,有似香雾;玉臂为明月的清辉所照,越来越感到寒冷了。

有时候,表面上好像有主语,有动词,有宾语,其实仍是不完全句。如苏轼《新城道中》:"岭上晴云披絮帽,树头初日挂铜钲。"这不是两个意思,而是四个意思。"云"并不是"披"的主语,"日"也不是"挂"的主语。岭上积聚了晴云,好像披上了絮帽;树头初升起了太阳,好像挂上了铜钲。毛主席所写的《忆秦娥·娄山关》:"西风烈,长空雁叫霜晨月。""月"并不是"叫"的宾语。西风、雁、霜晨月,这是三层意思,这三件事形成了浓重的气氛。长空雁叫,是在霜晨月的景况下叫的。

有时候,副词不一定要像在散文中那样修饰动词。例如毛主席《沁园春·长沙》里说:"恰同学少年,风华正茂;书生意气,挥斥方遒。""恰"字是副词,后面没有紧跟着动词。又如《菩萨蛮·大柏地》里说:"雨后复斜阳,关山阵阵苍。""复"字是副词,也没有修饰动词。

应当指出,所谓不完全句,只是从语法上去分析的。我们不能认为诗人们有意识地造成不完全句。诗的语言本来就像一幅幅的画面,很难机械地从语法结构上去理解它。这里只想强调一点,就是诗的语言要比散文的语言精练得多。

(二)语序的变换

在诗词中,为了适应声律的要求,在不损害原意的原则下,诗人们可以对语序作适当的变换。现在举出毛主席诗词中的几个例子来讨论。

七律《送瘟神》第二首:"春风杨柳万千条,六亿神州尽舜尧。"第二句的意思是中国(神州)六亿人民都是尧舜。依平仄规则是"仄仄平平仄仄平",所以"六亿"放在第一二两字,"神州"放在第三四两字,"尧舜"说成"舜尧"。"尧"字放在句末,还有押韵的原因。

《浣溪沙·一九五〇年国庆观剧》后阕第一句"一唱雄鸡天下白",是"雄鸡一唱天下白"的意思。依平仄规则是"仄仄平平平仄仄",所以"一唱"放在第一二两字,"雄鸡"放在第三四两字。

《西江月·井冈山》后阕第一二两句:"早已森严壁垒,更加众志成城。""壁垒森严"和"众志成城"都是成语,但是由于第一句应该是"仄仄平平仄仄",所以"森严"放在第三四两字,"壁垒"放在第五六两字。

《浪淘沙·北戴河》最后两句:"萧瑟秋风今又是,换了人间!"曹操《观沧海》原诗的句子是:"秋风萧瑟,洪波涌起。"依《浪淘沙》的规则,这两句的平仄应该是"⊛仄⊛平平仄仄,⊛仄平平"，所以"萧瑟"放在第一二两字，"秋风"放在第三四两字。

语序的变换，有时也不能单纯理解为适应声律的要求。它还有积极的意义，那就是增加诗味，使句子成为诗的语言。杜甫《秋兴》（第八首）"香稻啄余鹦鹉粒，碧梧栖老凤皇枝"，有人以为就是"鹦鹉啄余香稻粒，凤皇栖老碧梧枝"。那是不对的。"香稻""碧梧"放在前面，表示诗人所咏的是香稻和碧梧，如果把"鹦鹉""凤皇"挪到前面去，诗人所咏的对象就变为鹦鹉与凤皇，不合秋兴的题目了。又如杜甫《曲江》（第一首）"且看欲尽花经眼，莫厌伤多酒入唇"，上句"经眼"二字好像是多余的，下句"伤多"（感伤很多）似应放在"莫厌"的前面，如果真按这样去修改，即使平仄不失调，也是诗味索然的。这些地方，如果按照散文的语法来要求，那就是不懂诗词的艺术了。

（三）对仗上的语法问题

诗词的对仗，出句和对句常常是同一句型的。例如：

王维《使至塞上》："征蓬出汉塞，归雁入胡天。"主语是名词前面加上动词定语，动词是单音词，宾语是名词前面加上专名定语。

毛主席《送瘟神》："红雨随心翻作浪，青山着意化为桥。"主语是颜色修饰的名词，"随心""着意"这两个动宾结构用作状语，用它们来修饰动词"翻"和"化"，动词后面有补语"作浪"和"为桥"。

语法结构相同的句子（即同句型的句子）相为对仗，这是正格。但是我们同时应该注意到：诗词的对仗还有另一种情况，就是只要求字面相对，而不要求句型相同。例如：

杜甫《八阵图》:"功盖三分国,名成八阵图。""三分国"是"盖"的直接宾语,"八阵图"却不是"成"的直接宾语。

韩愈《精卫填海》:"口衔山石细,心望海波平。""细"字是修饰语后置,"山石细"等于"细山石";对句则是一个递系句:"心里希望海波变为平静。"我们可以倒过来说"口衔细的山石",但不能说"心望平的海波"。

毛主席的七律《赠柳亚子先生》:"牢骚太盛防肠断,风物长宜放眼量。""太盛"是连上读的,它是"牢骚"的谓语;"长宜"是连下读的,它是"放眼量"的状语。"肠断"连念,是"防"的宾语;"放眼"连念,是"量"的状语,二者的语法结构也不相同。

由上面一些例子看来,可见对仗是不能太拘泥于句型相同的。一切形式要服从于思想内容,对仗的句型也不能例外。

(四)炼句

炼句是修辞问题,同时也常常是语法问题。诗人们最讲究炼句,把一个句子炼好了,全诗为之生色不少。

炼句,常常也就是炼字。就一般说,诗句中最重要的一个字就是谓语的中心词(称为"谓词")。把这个中心词炼好了,这是所谓一字千金,诗句就变为生动的、形象的了。著名的"推敲"的故事,正是说明这个道理的。相传贾岛在驴背上得句:"鸟宿池边树,僧敲月下门。"他想用"推"字,又想用"敲"字,犹豫不决,用手作推敲的样子,不知不觉地冲撞了京兆尹韩愈的前导,韩愈问明白了,就替他决定了用"敲"字。这个"敲"字,也正是谓语的中心词。

谓语中心词,一般是用动词充当的,因此炼字往往也就是炼动词。现在试举一些例子来证明。

李白《塞下曲》第一首:"晓战随金鼓,宵眠抱玉鞍。""随"和"抱"这两个字都炼得很好。鼓是进军的信号,所以只有"随"字最合适。"宵眠抱玉鞍"要比"伴玉鞍""傍玉鞍"等等说法好得多,因为只有"抱"字才能显示出枕戈待旦的紧张情况。

杜甫《春望》第三四两句:"感时花溅泪,恨别鸟惊心。""溅"和"惊"都是炼字。它们都是使动词:花使泪溅,鸟使心惊。春来了,鸟语花香,本来应该欢笑愉快;现在由于国家遭逢丧乱,一家流离分散,花香鸟语只能使诗人溅泪惊心罢了。

毛主席《菩萨蛮·黄鹤楼》第三四两句:"烟雨莽苍苍,龟蛇锁大江。""锁"字是炼字。一个"锁"字,把龟、蛇二山在形势上的重要地位充分地显示出来了,而且非常形象。假使换成"夹大江"之类,那就味同嚼蜡了。

毛主席《清平乐·六盘山》后阕第一二两句:"六盘山上高峰,红旗漫卷西风。""卷"字是炼字。用"卷"字来形容红旗迎风飘扬,就显示了红旗是革命战斗力量的象征。

毛主席《沁园春·雪》第八九两句:"山舞银蛇,原驰蜡象。""舞"和"驰"是炼字。本来是以银蛇形容雪后的山,蜡象形容雪后的高原,现在说成"山舞银蛇,原驰蜡象",静态变为动态,就变成了诗的语言。"舞"和"驰"放到蛇和象的前面去,就使生动的形象更加突出。

毛主席的七律《长征》第三四两句:"五岭逶迤腾细浪,乌蒙磅礴走泥丸。""腾"和"走"是炼字。从语法上说,这两句也是倒装句,本来说的是细浪翻腾、泥丸滚动,说成"腾细浪""走泥丸"就更加苍劲有力。红军不怕远征难的革命气概,被毛主席用恰当的比喻描画得十分传神。

形容词和名词,当它们被用作动词的时候,也往往是炼字。

杜甫《恨别》第三四两句:"草木变衰行剑外,干戈阻绝老江边。""老"字是形容词当动词用。诗人从爱国主义的情感出发,慨叹国乱未平,家人分散,自己垂老滞留锦江边上。这里只用一个"老"字,就充分表达了这种浓厚的情感。

毛主席《沁园春·长沙》后阕第七八九三句:"指点江山,激扬文字,粪土当年万户侯。""粪土"二字是名词当动词用。毛主席把当年的万户侯看成粪土不如,这是蔑视阶级敌人的革命气概。"粪土"二字不但用得恰当,而且用得简练。

形容词即使不用作动词,有时也有炼字的作用。王维《观猎》第三四两句:"草枯鹰眼疾,雪尽马蹄轻。"这两句话共有四个句子形式,"枯""疾""尽""轻",都是谓语。但是,"枯"与"尽"是平常的谓语,而"疾"与"轻"是炼字。草枯以后,鹰的眼睛看得更清楚了,诗人不说看得清楚,而说"快"(疾),"快"比"清楚"更形象。雪尽以后,马蹄走得更快了,诗人不说快,而说"轻","轻"比"快"又更形象。

以上所述,凡涉及省略(不完全句)、涉及语序(包括倒装句)、涉及词性的变化、涉及句型的比较等等,也都关系到语法问题。古代虽没有明确地规定语法这个学科，但是诗人们在创作实践中经常地接触到许多语法问题，而且实际上处理得很好。我们今天也应该从语法角度去了解旧体诗词，然后我们的了解才是全面的。

结　语

任何规则都有它的灵活性，诗词的格律也不能是例外。处处拘泥格律，反而损害了诗的意境，同时也降低了艺术。格律是为我们服务的，我们不能反过来成为格律的奴隶，我们不能让思想内容去迁就格律。杜甫的律诗总算是严格遵照格律的了，但是他的七律《白帝》开头两句是："白帝城中云出门，白帝城下雨翻盆。"第二句第一二两字本该用"平平"的，现在用了"仄仄"。诗人有意把白帝城中跟白帝城下（城外）迥不相同的天气作一个对比，比喻城中的老爷们是享福的，城外的老百姓是受灾受难的①。我们试想想看：诗人能把第二句的"白帝"换成别的字眼来损害这个诗意吗？

在这一点上，毛主席的诗词也是我们的典范。按《沁园春》的词谱，前阕第九句和后阕第八句都应该是平平仄仄，毛主席的《长沙》前阕的"鱼翔浅底"，后阕的"激扬文字"，以及《雪》前阕的"原驰蜡象"，都是按照这个平仄来填的；但是《雪》后阕的"成吉思汗"，其中的"吉"字却是仄声（入声），"汗"字却是平声（读如"寒"）。这四个字是人名，是一个整体，何必再拘泥平仄？再说，"成吉思汗"是一个译名，它在蒙古语里又何尝有平仄呢？再举毛主席的《念奴娇·昆仑》为例。依照词谱，《念奴娇》后阕第五六七句应该是仄仄平平，平平仄仄，仄仄平平仄，但是毛主席写的是："一截遗欧，一截赠美，一截还东国。"既然要叠用三个"一截"才能很好地表现诗意，那就不妨略为突破形式。

---

① 下面的六句是："高江急峡雷霆斗，翠木苍藤日月昏。戎马不如归马逸，千家今有百家存。哀哀寡妇诛求尽，恸哭秋原何处村！"

毛主席的诗词，一方面表现出毛主席精于格律，另一方面也表现出他并不拘守格律。但是，假如我们学写旧体诗词，就应该以格律为准绳，而不能以突破束缚为借口，完全不讲韵律和平仄。如果写出一种没有格律的"律诗"，那就名实不符了。词的平仄本来比诗的平仄更严，如果一首词没有按照平仄的规则来写，就不成其为词了。旧体诗词的好处，在它的音韵优美，而不在于字数的固定。假如只知道凑足字数，而置音韵于不顾，那就是买椟还珠，写旧体诗词变为毫无意义的事了。因此，我们必须力求做到革命的政治内容和尽可能完美的艺术形式统一起来。格律本来是适应艺术的要求而产生的，我们先要熟谙格律，从而才能做到得心应手地驱遣格律，而不为格律所束缚。

附录一　诗韵举要

所收的字大致以杜甫诗集中所用的字为标准,此外酌收一些杜诗中未出现的常用字。一字收入两韵以上者,注明它在某韵中的意义。如果是同义的,则注"某韵同"。通用字、异体字也择要加括号注明。

(一)上平声

【一东】

东 同 童 僮 铜 桐 峒 筒 瞳 中(中间) 衷 忠 虫 冲 终 忡 崇 嵩(崧) 戎 狨 弓 躬 宫 融 雄 熊 穹 穷 冯 风 枫 丰 酆 充 隆 空(空虚) 公 功 工 攻 蒙 濛 朦 幪 笼(名词,董韵同,又动词,独用) 胧 聋 栊 宠 昽 洪 红 虹 鸿 丛 翁 忽 葱 聪 骢 通 棕 蓬

【二冬】

冬 彤 农 宗 钟 锺 龙 舂 松 衝 容 溶 庸 蓉 封 胸 凶 汹 兇 匈 雍(和也)浓 重(重复,层) 从(随从、顺从) 逢 缝(缝纫) 峰 锋 丰 蜂 烽 纵(纵横) 踪 茸 邛 筇 慵 恭 供(供给)

【三江】

江 缸 窗 邦 降(降伏) 双 泷 庞 舡 撞(绛韵同)

【四支】

支 枝 移 为(施为) 垂 吹(吹嘘) 陂 碑 奇 宜

仪　皮　儿　离　施　知　驰　池　规　危　夷　师　姿　迟
龟　眉　悲　之　芝　时　诗　棋　旗　辞　词　期　祠　基
疑　姬　丝　司　葵　医　帷　思(动词)　滋　持　随　痴
维　卮　螭　麾　墀　弥　慈　遗(遗失)　肌　脂　雌　披
嬉　尸　狸　炊　湄　篱　兹　差(参差)　疲　茨　卑　亏
蕤　骑(跨马)　歧　岐　谁　斯　私　窥　熙　欺　疵　赀
羁　彝　髭　颐　资　縻　饥　衰　锥　姨　夔　祗　涯(佳麻韵同)　伊　追　缁　箕　治(治理,动词)　尼　而　推(灰韵同)　縻　绥　義　赢　其　淇　麒　祁　崎　骐　锤　羅
罹　漓　鹂　璃　骊　狋　黧　貔　仳　琵　枇　屍　鸡　栀
匙　虫　簁　绨　鸥　趻　嗤　隋　虽　睢　咨　淄　鸬　瓷
菱　惟　唯　厮　澌　缌　逶　迤　贻　禆　庳　丕　嵋　郿
劂　蠡(瓟勺,齐韵同)　氂　痍　猗　椅(音漪,木名)

【五微】

微　薇　晖　辉　徽　挥　韦　围　帏　违　闱　霏　菲(芳菲)　妃　飞　非　扉　肥　威　祈　旂　畿　机　幾(微也,如见幾)　稀　希　衣(衣服)　依　归　萆　饑　矶　歆

【六鱼】

鱼　渔　初　书　舒　居　裾　车(麻韵同)　渠　余　予(我也)　誉(动词)　舆　徐　胥　狙　耡(鉏、锄)　疏(疏密)　疎(同疏)　蔬　梳　虚　嘘　徐　猪　间　庐　驴　诸　除　如　墟　於　畲　淤　妤　玙　蜍　储　苴　菹　沮　蛆　龉　据(拮据)　鶋　蕖　歟　茹(茅茹)　洳　据　桐

【七虞】

虞 愚 娱 隅 刍 无 芜 巫 于 衢 儒 濡 襦
鬏 株 蛛 诛 殊 铢 瑜 榆 愉 谀 腴 区 驱 躯
朱 珠 趋 扶 凫 雏 敷 夫 肤 纡 输 枢 厨 俱
驹 模 谟 蒲 胡 湖 瑚 乎 壶 狐 弧 孤 辜 姑
菰 徒 途 涂 荼 图 屠 奴 吾 梧 吴 租 卢 鲈
炉 芦 苏 乌 汗(汗秽) 枯 粗 都 苿 侏 徂 樗
蹰 拘 劬 岖 鸲 芙 苻 符 郛 桴 俘 须 臾 繻
吁 濡 瓠 蝴 糊 鄠 醐 觚 呼 沽 酤 泸 舻 轳
鸬 驽 孥 逋 匍 葡 铺 殳 酥 菟 洿 诬 呜 鼯
逾(蹦) 禺 荑 竽 雩 渝 貐 揄 瞿

【八齐】

齐 黎 藜 犁 梨 妻(夫妻) 萋 凄 悽 隄 低
题 提 蹄 啼 鸡 稽 兮 倪 霓(蜺) 西 栖 犀 嘶
梯 鼙 赍 赍 迷 泥(泥土) 溪 圭 闺 携 畦 稊
跻 灉 脐 奚 醯 蹊 鳖 蠡(支韵同) 醍 鹈
珪 暌。

【九佳】

佳* 街 鞋 牌 柴 钗 差(差使) 崖 涯*(支麻
韵同) 偕 阶 皆 谐 骸 排 乖 怀 淮 槐(灰韵同)
豺 侪 埋 霾 斋 娲* 蜗* 蛙*

(有*号的字,词韵属第十部;其余属第五部)

【十灰】

灰 恢 魁 隈 回 徘(音裴) 徊(音回) 槐(音回,佳韵同) 梅 枚 媒 煤 雷 罍 陨(頽) 催 摧 堆 陪 杯 醅 嵬 推(支韵同) 迴 顋 颏 诙 裴 培 崔 纔* 开* 哀* 埃* 台* 苔* 该* 才* 材* 财* 裁* 来* 莱* 栽* 哉* 灾* 猜* 孩* 騋* 腮*

(有 * 号的字,词韵属第五部;其余属第三部)

【十一真】

真 因 茵 辛 新 薪 晨 辰 臣 人 仁 神 亲 申 身 宾 滨 邻 鳞 麟 珍 瞋 尘 陈 春 津 秦 频 蘋 颦 银 垠 筠 巾 囷 民 岷 贫 莘 淳 醇 纯 唇 伦 纶 轮 沦 匀 旬 巡 驯 钧 均 榛 遵 循 甄 宸 郴 椿 鹑 嶙 辚 磷 骐 泯(轸韵同) 缙 邠 嚫 诜 駪 呻 伸 绅 湣 寅 斄 姻 荀 询 郇 峋 氤 恂 逡 嫔 皴

【十二文】

文 闻 纹 蚊 雲 分(分离) 纷 芬 焚 坟 群 裙 君 军 勤 斤 筋 勋 熏 曛 醺 云 芹 欣 芸 耘 沄 氲 殷 汶 阌 氛 濆 汾

【十三元】

元* 原* 源* 鼋* 園* 猿* 垣* 烦* 蕃* 樊* 暄* 萱* 喧* 冤* 言* 轩* 藩* 魂* 袁*

沅* 援* 辕* 番* 繁* 翻* 幡* 璠* 壎*（埙）
骞* 鸳* 蜿* 浑 温 孙 门 尊 樽（鳟） 存 敦
蹲 噉 豚 村 屯 盆 奔 论（动词） 昏 痕 根 恩
吞 荪 扪

（有＊号的字，词韵属第七部；其余属第六部）

【十四寒】

寒 韩 翰（羽翮） 丹 单 安 鞍 难（艰难） 餐 檀
坛 滩 弹 残 干 肝 竿 乾（乾湿） 阑 栏 澜 兰
看（翰韵同） 丸 完 桓 纨 端 湍 酸 团 攒 官 棺
观（观看） 冠（衣冠） 鸾 銮 峦 欢（驩） 宽 盘 蟠 漫
（水大貌） 叹（翰韵同） 邯 郸 摊 玕 拦 磻 珊 狻

【十五删】

删 潸 关 弯 湾 还 环 鬟 寰 班 斑 蛮 颜
姦（奸） 攀 顽 山 闲 艰 闲 间（中间） 悭 患（谏韵
同） 孱 潺

（二）下平声

【一先】

先 前 千 阡 笺 天 坚 肩 贤 绹 弦 烟 燕
（国名） 莲 怜 田 填 年 颠 巅 牵 妍 眠 渊 涓
边 编 悬 泉 迁 仙 鲜（新鲜） 钱 煎 然 延 筵
毡 羶 蝉 缠 连 联 篇 偏 扁（扁舟） 绵 全 宣
镌 穿 川 缘 鸢 捐 旋（回旋） 娟 船 涎 鞭 铨

专　圆　员　乾(乾坤)　虔　愆　权　拳　椽　传(传授)　焉
鞬　褰　搴　汧　鬈　铅　舷　跹　鹃　蠲　筌　痊　诠　悛
遄　鹇　胼　鳣　禅(参禅,逃禅)　婵　单(单于)　躔　颛
燃　涟　琏　便(安也)　翩　梗　骈　癫　圜　畋　钿(霰韵
同)　沿　蜒　臁

【二萧】

萧　箫　挑(挑担)　貂　刁　凋　雕　彫　鹏　迢　条
髟　跳　苕　调(调和)　枭　浇　聊　辽　寥　撩　寮　僚
尧　宵　消　霄　绡　销　超　朝　潮　嚣　骄　娇　焦　燋
椒　饶　桡　烧(焚烧)　遥　徭　摇　谣　瑶　韶　昭　招
镳　瓢　苗　猫　腰　桥　乔　妖　飘　逍　潇　鸮　骁　儦
桃　鹩　鹪　缭　獠　嘹　夭(夭夭)　幺　邀　要(要求,要
盟)　飙　姚　樵　侨　顠　标　飙　嫖　漂(漂浮)　剽　徼
(徼幸)

【三肴】

肴　巢　交　郊　茅　嘲　钞　包　胶　爻　苞　梢　蛟
教(使也)　庖　匏　坳　敲　胞　抛　鲛　崤　啁　鸡　鞘
抄　蟊　咆　哮

【四豪】

豪　毫　操(操持)　髦　條　刀　萄　猱　褒　桃　糟
旄　袍　挠(巧韵同)　蒿　涛　皋　号(号呼)　陶　鳌　曹
遭　羔　高　嘈　搔　毛　滔　骚　韬　缲　膏　牢　醪　逃
劳(劳苦)　濠　壕　舠　饕　洮　淘　叨　咷　篙　熬　遨

翱　嗷　臊

【五歌】

　　歌　多　罗　河　戈　阿　和(平和)　波　科　柯　陀
娥　蛾　鹅　萝　荷(荷花)　何　过(经过,箇韵同)　磨　螺
禾　珂　蓑　婆　坡　呵　哥　轲(孟轲)　沱　鼍　拖　驼
跎　柁(舵,哿韵同)　佗(他)　颇(偏颇)　峨　俄　摩　麽
娑　莎　迦　靴　痾

【六麻】

　　麻　花　霞　家　茶　华　沙　车(鱼韵同)　牙　蛇　瓜
斜　邪　芽　嘉　瑕　纱　鸦　遮　叉　奢　涯(支佳韵同)
夸　巴　耶　嗟　遐　加　笳　赊　槎(查)　差(差错)　楂
杈　蟆　骅　虾　葭　架　裟　砂　衙　枒　呀　琶　杷

【七阳】

　　阳　杨　扬　香　乡　光　昌　堂　章　张　王(帝王)
房　芳　长(长短)　塘　妆　常　凉　霜　藏(收藏)　场　央
鸯　秧　狼　床　方　浆　舫　梁　娘　庄　黄　仓　皇　装
殇　襄　骧　相(互相)　湘　箱　创(创伤)　亡　忘　芒　望
(观望,漾韵同)　尝　偿　樯　坊　囊　郎　唐　狂　强(刚
强)　肠　康　冈　苍　匡　荒　遑　行(行列)　妨　棠　翔
良　航　疆　粮　穰　将(送也,持也)　墙　桑　刚　祥　详
洋　梁　量(衡量,动词)　羊　伤　汤　彰　璋　猖　商　防
筐　煌　凰　徨　纲　茫　臧　裳　昂　丧(丧葬)　漳　嫱
闾　螀　蒋(菇蒋)　疆　僵　羌　枪　抢(突也)　锵　疮　杭

鲂 育 篁 簧 惶 璜 隍 攘 瀼 亢 廊 阆 浪（沧
浪） 琅 梁 邙 旁 溏 傍（侧也） 骦 当（应当） 珰
糖 沧 鸧 尪 飏 泱 泱 敄 佯

【八庚】

庚 更（更改） 羹 盲 横（纵横） 觥 彭 亨 英 烹
平 评 京 惊 荆 明 盟 鸣 荣 莹（径韵同） 兵 兄
卿 生 甥 笙 牲 擎 鲸 迎 行（行走） 衡 耕 萌
氓 甍 宏 茎 罌 莺 樱 泓 橙 争 筝 清 情 晴
精 晴 菁 晶 旌 盈 楹 瀛 嬴 赢 营 婴 缨 贞
成 盛（盛受） 城 诚 呈 程 声 征 正（正月） 轻 名
令（使令） 并（交并） 倾 萦 琼 峥 撑 嵘 鹏 秔 坑
铿 瘿 鹦 勍

【九青】

青 经 泾 形 刑 型 陉 亭 庭 廷 霆 蜓 停
丁 仃 馨 星 腥 醒（迥韵同） 傅 灵 龄 玲 伶 零
听（聆听，径韵同） 汀 冥 溟 铭 瓶 屏 萍 荧 萤
荥 扃 垧 鹡 蜻 砯 苓 舲 聆 鸰 瓴 翎 娉 婷
宁 暝 瞑

【十蒸】

蒸 烝 承 丞 惩 澄（澂） 陵 凌 绫 菱 冰 膺
鹰 应（应当） 蝇 绳 渑（音绳，水名） 乘（驾乘，动词） 昇
升 胜（胜任） 兴（兴起） 缯 憑 凭（径韵同） 仍 兢 矜
徵（徵求） 称（称赞） 登 灯（镫） 僧 增 曾 憎 矰 层

能　朋　鹏　肱　薨　腾　藤　恒　棱　罾　崩　滕　螣　崚
嶒　姮

【十一尤】

尤　邮　优　忧　流　旒　留　骝　刘　由　游　遊　猷
悠　攸　牛　修　脩　羞　秋　周　州　洲　舟　酬　雠　柔
俦　畴　筹　稠　邱　抽　瘳　遒　收　鸠　搜（蒐）　骝　愁
休　囚　求　裘　仇　浮　谋　牟　眸　侔　矛　侯　喉　猴
讴　鸥　楼　陬　偷　头　投　钩　沟　幽　蚪　樛　啾　鹙
鞧　楸　蚯　䐍　踌　裯　惆　餱　揉　勾　韛　娄　琉　疣
犹　邹　兜　呦　售（宥韵同）

【十二侵】

侵　寻　浔　临　林　霖　针（鍼）　箴　斟　沉　砧（碪）
深　淫　心　琴　禽　擒　钦　衾　吟　今　襟（衿）　金　音
阴　岑　簪（覃韵同）　壬　任（负荷）　歆　森　禁（力能胜任）
褑　骎　嶔　参（音深，星名，又音岑的阴平，参差）　琛　涔

【十三覃】

覃　潭　参（参拜，参考）　骖　南　枏　男　谙　庵　含
涵　函（包函）　岚　蚕　探　贪　耽　龛　堪　谈　甘　三
（数目）　酣　柑　惭　蓝　担（动词）　簪（侵韵同）

【十四盐】

盐　檐（簷）　廉　帘　嫌　严　占（占卜）　髯　谦　奁
纤　签　瞻　蟾　炎　添　兼　缣　霑（沾）　尖　潜　阎　镰
幨　黏　淹　箝　甜　恬　拈　砭　鉆　詹　蒹　歼　黔　钤

【十五咸】

咸　鹹　函（书函）　缄　岩　谗　衔　帆　衫　杉　监
（监察）　凡　馋　芟　搀　巉　镵　唪

（三）上声

（注意：许多上声字现在都读成去声）

【一董】

董　动　孔　总　笼（名词，东韵同）　颒　桶　洞（颒洞）

【二肿】

肿　種（種子）　踵　宠　垄（陇）　拥　壅　冗　重（轻重）
冢　奉　捧　勇　涌（湧）　踊（蹱）　恐　拱　竦　悚　耸　栱

【三讲】

讲　港　棒　蚌　项

【四纸】

纸　只　咫　是　靡　彼　毁　燬　委　诡　髓　累（积
累）　妓　绮　觜　此　蕊　徙　尔　弭　婢　侈　弛　豕
紫　旨　指　视　美　否（臧否，否泰）　兕　几　姊　比（比
较）　水　轨　止　市　徵（角徵）　喜　己　纪　跪　技　蚁
（蚍）　鄙　晷　子　梓　矢　雉　死　履　被（寝衣）　厽　癸
趾　以　已　似　秄　祀　史　使（使令）　耳　里　理　裹
李　起　杞　跂　士　仕　俟　始　齿　矣　耻　麂　枳　址
峕　玺　鲤　迤　氏　庀　驶　已　滓　苡　倚　七　跬

【五尾】

尾 苇 鬼 岂 卉(未韵同) 几(几多) 伟 斐 菲(菲薄) 匪 篚

【六语】

语(言语) 圉 吕 侣 旅 杼 伫 与(给予) 予(赐予) 渚 煮 汝 茹(食也) 署 鼠 黍 杵 处(居住,处理) 贮 女 许 拒 炬 所 楚 阻 俎 沮 叙 绪 序 屿 墅 巨 宁 褚 础 苣 举 讵 榉 秬 溆 禦 籞 去(除也)

【七麌】

麌 雨 宇 舞 府 鼓 虎 古 股 贾(商贾) 蛊 土 吐(遇韵同) 圃 庾 户 树(种植,动词) 煦 诩 努 辅 组 乳 弩 补 鲁 橹 觑 腐 数(动词) 簿 五 竖 普 侮 斧 聚 午 伍 釜 缕 部 柱 矩 武 苦 取 抚 浦 主 杜 坞 祖 愈 堵 扈 父 甫 怒(遇韵同) 禹 羽 腑 俯(俛) 罟 估 赌 卤 姥 鹉 偻 拄 莽(养韵同)

【八荠】

荠 礼 体 米 启 陛 洗 邸 底 坻 弟 坻 柢 涕(霁韵同) 悌 济(水名) 澧 醴 蠡(范蠡,彭蠡) 祢 棨 诋 骶 眯

【九蟹】

蟹 解 灑 楷 獬 澥 枴 矮

【十贿】

贿 悔 改* 采* 採* 彩* 綵* 海 在*（存在） 罪 宰* 醢* 馁 铠* 恺* 待* 殆* 怠* 倍 乃* 每 载*（载运）

（有 * 号的字，词韵属第五部；其余属第三部）

【十一轸】

轸 敏 允 引 尹 尽 忍 準 隼 笋 盾（阮韵同） 闵 悯 泯（真韵同） 蚓 牝 殒 紧 蠢 陨 愍 矧 哂 朕（朕兆）

【十二吻】

吻 粉 蕴 愤 隐 谨 近（远近） 忿（问韵同）

【十三阮】

阮* 远*（远近） 晚* 苑* 返* 阪* 饭*（动词） 偃* 蹇*（铣韵同） 鄢* 巘* 琬* 混 本 反 损 衮 遁（遯，愿韵同） 稳 盾（轸韵同）

（有 * 号的字，词韵属第七部；其余属第六部）

【十四旱】

旱 暖 管 琯 满 短 馆（翰韵同） 缓 盥（翰韵同） 盌 懒 繖（伞） 卵（哿韵同） 散（散布） 伴 诞 罕 瀚（浣） 断（断绝） 侃 算（动词） 欸 但 坦 袒 纂

【十五潸】

潸 眼 简 版 琖（盏） 产 限 栈（谏韵同） 绾（谏韵同） 柬 拣 板

【十六铣】

铣 善(善恶) 遣 浅 典 转(自转,不及物动词) 衍 犬 选 冕 辇 免 展 茧 辩 辨 篆 勉 翦(剪) 卷(同捲) 显 饯(霰韵同) 眄(霰韵同) 喘 薛 软 塞(阮韵同) 演 兖 件 腆 鲜(少也) 跣 缅 沔 湎(音缅,湎池) 缱 绻 觌 珍 扁(不正圆,又扁额) 单(音善,姓也;又单父,县名)

【十七篠】

篠 小 表 鸟 了 晓 少(多少) 扰 绕 遶 绍 杪 沼 眇 矫 皎 皢 杳 窈 窕 褭(裹) 挑(挑引掉,啸韵同) 肇 缥 缈 渺 森 茑 嫋 赵 兆 旐 缴 缭 朓 夭 夭(夭折) 悄

【十八巧】

巧 饱 卯 狡 爪 鲍 挠(豪韵同) 搅 绞 拗 咬 炒

【十九皓】

皓 宝 藻 早 枣 老 好(好丑) 道 稻 造(造作) 脑 恼 岛 倒(仆也) 祷(号韵同) 擣(捣) 抱 讨 考 燥 扫(号韵同) 嫂 保 鸨 稿 草 昊 浩 镐 颢 杲 缟 槁 堡 皂 磏

【二十哿】

哿 火 舸 觶 柁(歌韵同) 我 娜 荷(负荷) 可 坷 左 果 裹 朵 锁(鏁) 琐 堕 惰 妥 坐(坐立)

裸 跛 颇(稍也) 夥 颗 祸 卵(旱韵同)

【廿一马】

马 下(上下) 者 野 雅 瓦 寡 社 写 泻(祃韵
同) 夏(华夏) 也 把 贾(姓贾) 假(真假)舍(舍) 厦
惹 冶 且

【廿二养】

养 像 象 仰 朗 桨 奖 敞 氅 枉 颡 强(勉
强) 盎 惘 两 曩 杖 响 掌 党 想 榜 爽 广
享 丈 仗(漾韵同) 幌 莽(麌韵同) 纺 长(长幼) 上
(升也) 网 荡 壤 赏 倣(仿) 罔 蒋(姓蒋) 橡 慷
漭 谠 傥 往 魍 魉 鞅

【二十三梗】

梗 影 景 井 岭 境 警 请 饼 永 骋 逞 颖
顷 整 静 省 幸 颈 郢 猛 丙 炳 杏 秉 耿 矿
颍 鲠 领 冷 靖

【二十四迥】

迥 炯 挺 梃 艇 醒(青韵同) 酩 酊 并 等 鼎
顶 泂 肯 拯 铤

【二十五有】

有 酒 首 口 母* 後 柳 友 妇* 斗 狗 久
负* 厚 手 守 右 否*(是否) 丑 受 牖 偶 阜*
九 后 咎 薮 吼 帚(箒) 垢 欹* 舅 纽 藕 朽
臼 肘 韭 剖 诱 牡* 缶* 酉 苟 丑 灸 笱 扣

（叩）　塂　某*　莽　寿（宥韵同）　绶　叟

（有 * 号的字，在词韵中兼入麋韵）

【二十六寝】

寝　饮（饮食）　锦　品　枕（衾枕）　审　甚（沁韵同）　廪
袵（袵）　稔　沈　凛　懔　朕（我也）　荏

【二十七感】

感　览　揽　胆　澹（淡，勘韵同）　噉（啖）　坎　惨（憯）
敢　颔　撼　毯　黪　糁　湛

【二十八俭】

俭　焰　敛（艳韵同）　险　检　脸　染　掩　点　簟　贬
冉　苒　陕　谄　忝（艳韵同）　俨　闪　剡　琰　奄　歉
芡　崭

【二十九豏】

豏　槛　范　减　舰　犯　湛　斩　黯　范

（四）去声

【一送】

送　梦　凤　洞（岩洞）　众　瓮　贡　弄　冻　痛　栋
仲　中（射中，击中）　粽　讽　懵　鞚　空（空缺）　控

【二宋】

宋　用　颂　诵　统　纵（放纵）　讼　種（種植）　综　俸
共　供（供设，名词）　缝（隙也）　雍（州名）　重（再
也）

【三绛】

绛　降(升降)　巷　撞(江韵同)

【四寘】

寘　置　事　地　志　治(治安,太平)　思(名词)　泪
吏　赐　自　字　义　利　器　位　戏　至　次　累(连累)
伪　为(因为)　寺　瑞　智　记　异　致　备　肆　翠　骑
(车骑,名词)　使(使者)　试　类　弃　饵　媚　鼻　易(容
易)　䘮　坠　醉　议　翅　避　笥　帜　粹　侍　谊　帅(将
帅)　厕　寄　睡　忌　贰　萃　穗　二　臂　嗣　吹(鼓吹,
名词)　遂　恣　四　骥　季　刺　骊　泗　寐　魅　积(储
蓄)　食(以食食人)　被　芰　懿　觊　冀　愧　匮　馈(馈)
庇　泊　塈　塈　概　质(抵押)　敳　柜　篑　痢　腻　被
(覆也)　祕　比(近也)　鸷　闷　啻　示　嗜　饲　伺　遗
(馈遗)　意　薏　祟　值　识(音志,记也;又标识)

【五未】

未　味　气　贵　费　沸　尉　畏　慰　蔚　魏　纬　胃
渭　彙　谓　讳　卉(尾韵同)　毅　既　衣(著衣)　蝟

【六御】

御　处(处所)　去(来去)　虑　誉(名词)　署　据　驭
曙　助　絮　著(显著)　豫　箸　恕　与(参与)　遽　疏(书
疏)　庶　预　语(告也)　踞　贳　饫

【七遇】

遇　路　辂　赂　露　鹭　树(树木)　度(制度)　渡　赋

布 步 固 素 具 数（数量） 怒（麌韵同） 务 雾 鹜
骛 附 兔 故 顾 句 墓 暮 慕 募 注 驻 祚 裕
误 悟 瘐 住 戍 库 护 屦 诉 蠹 炉 惧 趣 娶
铸 绔（袴） 傅 付 谕 喻 妪 芋 捕 哺 互 孺 寓
吐（麌韵同） 赴 洰 孺 汙（动词） 恶（憎恶） 忤 晤

【八霁】

霁 制 计 势 世 丽 岁 济（渡也） 第 艺 惠
慧 币 砌 滞 际 厉 涕（荠韵同） 契（契约） 弊 毙
帝 蔽 敝 髻 锐 戾 裔 袂 繋 祭 卫 隶 闭 逝
缀 翳 製 替 细 桂 税 壻 例 誓 筮 蕙 诣 砺
励 瘗 噬 继 脆 叡（睿） 毳 渗 曳 蒂 睇 妻（以
女妻人） 递 逮 棣 蓟 罽 係 系 彗 嘒 芮 蚋
薛 荔 唳 捩 砺 泥（拘泥） 篦 嫛 缋 篲 睥 睨

【九泰】

泰* 会 带* 外* 盖* 大*（箇韵同） 斾 濑*
赖* 籁* 蔡* 害* 最 贝 霭* 蔼* 沛 艾*
丐* 柰* 奈* 绘 脍（鲙） 荟 太* 需 狈
汰* 蕞*

（有 * 号的字，词韵属第五部；其余属第三部）

【十卦】

卦* 挂* 懈 廨 隘 卖 画*（图画） 派 债 怪
坏 诫 戒 界 介 芥 械 薢 拜 快 迈 话* 败
稗 晒 蠆 瘵 玠

（有 ＊ 号的字，词韵属第十部；其余属第五部）

【十一队】

队　内　塞＊（边塞）　爱＊　辈　佩　代＊　退　载＊（年也）　碎　态＊　背　秽　菜＊　对　废　海　晦　昧　碍＊　戴＊　贷＊　配　妹　喙　溃　黛＊　吠　概＊　岱＊　肺　溉＊　慨＊　耒　块　在＊（所在）　耐＊　鼐　珮　玳＊（瑇）　再＊　碓　乂　刈

（有 ＊ 号的字，词韵属第五部；其余属第三部）

【十二震】

震　印　进　润　阵　镇　刃　顺　慎　鬓　晋　骏　闰　峻　釁（衅）　振　俊（隽）　舜　吝　烬　讯　仞　迅　趁　榇　搢　仅　靓　信　轫　浚

【十三问】

问　闻（名誉）　运　晕　韵　训　粪　忿（吻韵同）　酝　郡　分（名分）　紊　汶　愠　近（动词）

【十四愿】

愿＊　论（名词）　怨＊　恨　万＊　饭＊（名词）　献＊　健＊　寸　困　顿　遁（阮韵同）　建＊　宪＊　劝＊　蔓＊　券＊　钝　闷　逊　嫩　溷　远＊（动词）　侃＊（衍）　苑＊（阮韵同）

（有 ＊ 号的字，词韵属第七部；其余属第六部）

【十五翰】

翰（翰墨）　岸　汉　难（灾难）　断（决断）　乱　叹（寒韵同）　观（楼观）　幹　斡　散（解散）　旦　算（名词）　玩（翫）

烂 贯 半 案 按 炭 汗 赞 谵 漫（寒韵同，又副词独用） 冠（冠军） 灌 灦 宲 幔 粲 燦 换 焕 唤 悍 弹（名词） 惮 段 看（寒韵同） 判 叛 涣 绊 盘 鹳 幔 畔 锻 腕 惋 馆（旱韵同）

【十六谏】

谏 雁 患（删韵同） 涧 间（间隔） 宦 晏 慢 盼 豢 栈（潸韵同） 惯 串 绽 幻 瓣 苋 屮 办 绾（潸韵同）

【十七霰】

霰 殿 面 眄（铣韵同） 县 变 箭 战 扇 膳 传（传记） 见 砚 院 练 炼 燕 谴 宴 贱 馔 荐 绢 彦 掾 便（便利） 眷 瓣 线 倦 羡 奠 徧（遍） 恋 啭 眩 钏 倩 卞 汴 片 禅（封禅） 谴 善（动词） 溅 钱（铣韵同） 转（以力转动，及物动词） 卷（书卷） 甸 钿（先韵同） 电 嚥 旋（已而，副词）

【十八啸】

啸 笑 照 庙 窍 妙 诏 召 邵 要（重要） 曜 耀（燿） 调（音调） 钓 吊 叫 少（老少） 眺 诮 料 疗 潦 掉（篠韵同） 峤 徼（边徼） 烧（野火）

【十九效】

效 効 教（教训） 貌 校 孝 闹 豹 罩 櫂（棹） 觉（寤也） 较 乐（喜爱）

【二十号】

号（号令，名号） 帽 报 导 祷（皓韵同） 操（所守也）
盗 噪 灶 奥 告（告诉） 诰 暴（强暴） 好（喜好） 到
蹈 劳（慰劳） 傲 耗 躁 造（造就） 冒 悼 倒（颠倒）
爆 燥 扫（皓韵同）

【二十一箇】

箇 个 贺 佐 大（泰韵同） 饿 过（经过，歌韵同，又
过失，独用） 和（唱和） 挫 课 唾 播 座 坐（行之反，又
同座） 破 卧 货 涴 簸 轲（辕轲）

【二十二祃】

祃 驾 夜 下（降也） 谢 榭 罢 夏（春秋） 霸 暇
灞 嫁 赦 藉（凭藉） 假（借也，又休假） 蔗 炙（音蔗，炮
火，名词） 化 舍（庐舍） 价 射 骂 稼 架 诈 亚 麝
怕 借 泻（马韵同） 卸 帕

【二十三漾】

漾 上（上下） 望（观望，阳韵同；又名望，独用） 相（卿
相） 将（将帅） 状 帐 浪（波浪） 唱 让 旷 壮 放
向 饷 仗（养韵同） 畅 量（度量，数量，名词） 葬 匠 障
瘴 谤 尚 涨 饷 样 藏（库藏） 舫 访 贶 嶂 当
（适当） 抗 酿 妄 怆 宕 怅 创（开创） 酱 况 亮
傍（依傍） 丧（丧失） 恙 王（王天下，霸王） 旺

【二十四敬】

敬 命 正（正直） 令（命令） 政 性 镜 盛（多也）

行（品行）　圣　咏　姓　庆　映　病　柄　郑　劲　竞　净
竞　孟　净　猄　更（更加）　併（合併）　聘　横（横逆）

【二十五径】

径　定　罄　磬　应（答应）　乘（车乘，名词）　赠　媵
佞　称（相称）　邓　莹（庚韵同）　证　孕　兴（兴趣）　剩（賸）
凭（蒸韵同）　迳　甄　听（聆也，青韵同；又听从，独用）　胜（胜
败）　宁

【二十六宥】

宥　候　就　授　售（尤韵同）　寿（有韵同）　秀　绣　宿
（星宿）　奏　富*　兽　鬥　漏　陋　狩　昼　寇　茂　旧
胄　宙　袖（褏）　岫　柚　覆（盖也）　救　厩　臭　佑（祐）
宦　豆　窦　瘦　漱　咒　究　疚　谬　皱　逅　嗅　遘　溜
镂　逗　透　骤　又　幼　读（句读）　副*

　　（有 * 号的字，在词韵中兼入遇韵）

【二十七沁】

沁　饮（使饮）　禁（禁令，宫禁）　任（负担）　荫　浸　潜
谶　枕（动词）　甚（寝韵同）　噤

【二十八勘】

勘　暗（闇）　滥　啗（啖）　担（名词）　憾　缆　瞰　暂
三（再三）　绀　憨　澹（感韵同）　辖

【二十九艳】

艳　剑　念　验　赡　壂　店　忝（俭韵同）　占（占据）
敛（聚敛，俭韵同）　厌　焰（俭韵同）　垫　欠　僭　酽　潋

灩　玷（俭韵同）

【三十陷】

陷　鉴　监（同鉴，又中书监）　汛　梵　忏　赚　蘸　嵌

（五）入声

【一屋】

屋　木　竹　目　服　福　禄　穀　熟　谷　肉　族　鹿
漉　腹　菊　陆　轴　逐　苜　蓿　牧　伏　宿（住宿）　夙
读（读书）　犊　渎　牍　黩　觳　复　粥　肃　碌　骕　鹙
育　六　缩　哭　幅　斛　戮　仆　畜　蓄　叔　淑　菽　俶
倏　独　卜　馥　沐　速　祝　麓　辘　恧　镞　簇　蹙　筑
穆　睦　秃　縠　覆（翻也）　辐　瀑　曝（暴）　郁　舳　掬
踘　蹴　跼　茯　複　蝮　鸬　鹏　髑

【二沃】

沃　俗　玉　足　曲　粟　烛　属　录　辱　狱　绿　毒
局　欲　束　鹄　梏　告（音梏，忠告）　蜀　促　触　续　浴
酷　躅　褥　旭　慾　笃　督　赎　斸　项　蓐　渌　骕

【三觉】

觉（知觉）　角　桷　榷　嶽（岳）　乐（礼乐）　捉　朔　数
（频数）　卓　斵　啄（啅）　琢　剥　驳（驳）　雹　璞　朴　壳
确　浊　濯　擢　渥　幄　握　学　榷　涿

【四质】

质（性质）　日　笔　出　室　实　疾　术　一　乙　壹

吉 秩 密 率 律 逸(佚) 失 漆 栗 毕 恤(卹) 蜜
橘 溢 瑟 膝 匹 述 黜 踬 弼 七 叱 卒(终也)
蟊 悉 戌 嫉 帅(动词) 蒺 姪 軼 踬 怵 潏 蟋
蟀 筚 篥 宓 必 筚 秫 栉 塞 飂

【五物】

物 佛 拂 屈 郁 乞 掘(月韵同) 讫 吃(口吃)
绂 黻 弗 霏 勿 迄 不 绋

【六月】

月 骨 髪 阙 越 谒 没 伐 罚 卒(士卒) 竭
窟 笏 钺 歇 发 突 忽 袜 鹘(黠韵同) 厥 蹶 蕨
曰 阀 筏 喝 殁 橛 掘(物韵同) 樾 捽 蝎 勃 纥
龁(屑韵同) 孛 渤 揭(屑韵同) 碣(屑韵同)

【七曷】

曷 达 末 阔 活 钵 脱 夺 褐 割 沫 拔(拔
起) 葛 阆 渴 拨 豁 括 抹 遏 挞 跋 撮 泼
斡 秣 掇(屑韵同) 怛 妲 眊 栝 獭(黠韵同) 刺

【八黠】

黠 拔(拔擢) 鹘(月韵同) 八 察 杀 刹 轧 戛
瞎 獭(曷韵同) 刮 刷 滑 辖 锻 猾 捋

【九屑】

屑 节 雪 绝 列 烈 结 穴 说 血 舌 洁 别
缺 裂 热 决 铁 灭 折 拙 切 悦 辙 诀 泄 洩
咽 噎 傑 彻 澈 哲 鼈 设 蠚 劣 掣 玦 截 窃

孽 浙 子 桔 颉 拮 撷 揭(月韵同) 缬 襭 齕(月
韵同) 羯 碣(月韵同) 挈 抉 襃 薛 拽(曳) 爇 冽
枭 蘖 暬 撒 迭 跌 阅 辍 掇(曷韵同)

【十药】

药 薄 恶(善恶) 作 乐(哀乐) 落 阁 鹤 爵 弱
约 脚 雀 幕 洛 壑 索 郭 错 跃 若 酌 托 削
铎 凿 却 鹊 诺 萼 度(测度) 橐 漠 钥 著(着)
虐 掠 穬 泊 博 簿 锷 藿 嚼 勺 谑 廓 绰 霍
镬 莫 箨 缚 貉 濩 各 略 骆 寞 膜 鄂 博 昨
柝 拓

【十一陌】

陌 石 客 白 泽 伯 迹(跡) 宅 席 策 册 碧
籍(典籍) 格 役 帛 戟 璧 驿 麦 额 柏 魄 积
(积聚) 脉 夕 液 尺 隙 逆 画(同划) 百 阗 虢
赤 易(变易) 革 脊 获 翮 屐 适 帻 厄(厄) 隔
益 窄 核 覈 舄 掷 责 坼 惜 癖 辟 僻 披 腋
释 译 峄 择 摘 奕 帟 迫 疫 昔 赫 瘠 谪 亦
硕 貊 跖(蹠) 鹡 碛 蹐 绤 隻 炙(动词) 踯 斥
吓 虒 蜇 淅 鬲 骼 舶 珀

【十二锡】

锡 壁 历 枥 击 绩 笛 敌 滴 镝 檄 激 寂
觋 析 溺 觅 狄 获 幂 鹢 戚 感 涤 的 喫 沥
霹 霓 惕 剔 砾 翟 籴 倜

【十三职】

职 国 德 食(饮食) 蚀 色 力 翼 墨 极 息
直 得 北 黑 侧 贼 饰 刻 则 塞(闭塞) 式 轼
域 殖 植 敕(勅) 饬 棘 惑 默 织 匿 亿 臆 特
勒 劾 仄 昃 稷 识(知识) 逼(偪) 克 即 弋 拭
陟 测 翊 侧 洫 穑 鲫 鹙(鹬) 克 嶷 抑 或

【十四缉】

缉 辑 戢 立 集 邑 急 入 泣 湿 习 给 十
拾 袭 及 级 涩 粒 揖 楫(叶韵同) 汁 蛰 笠 执
隰 汲 吸 絷 葺 挹 浥 岌 襲 悒 熠

【十五合】

合 塔 答 纳 榻 阁 杂 腊 蜡 匝 阖 蛤 衲
沓 榼 鸽 踏 飒 拉 遝 盍 塌 咂

【十六叶】

叶 帖 贴 牒 接 猎 妾 蝶 叠 箧 惬 涉 镊
捷 颊 楫(檝,缉韵同) 摄 蹑 协 侠 荚 魇 睫 浃
慑 慴 蹀 挟 铗 厣 燮 睿 摺 袷 馌 蹋 辄 婕
屧 聂 镊 渫 喋 堞 蹵

【十七洽】

洽 狭(陿) 峡 法 甲 业 邺 匣 压 鸭 乏 怯
劫 胁 插 铩 歃 押 狎 袷 筴 夹 恰 峡 硖

附录二　词谱举要

这是本书第五章第二节的附录。目的在于补充一些词谱，以便读者参考。一词有数体者，只录常见的一体。举例限于古代，特别是宋代以前的词。有些词谱在正文中已经引述过的可以参看，这里不再重出。

(1)十六字令　　十六字　　单调

平。⊗仄平平仄仄平。平平仄，⊗仄仄平平。

十六字令

[宋]蔡伸

天。休使圆蟾照客眠。人何在？桂影自婵娟。

(2)忆江南（望江南，江南好）　　廿七字　　单调

（参看第134—135页）

(3)渔歌子（渔父）　　廿七字　　单调

⊗仄平平仄仄平，㊀平⊗仄仄平平。平仄仄，仄平平。㊀平⊗仄仄平平。

渔父

[五代蜀]李珣

避世垂纶不记年，官高争得似君闲。倾白酒，对青山。笑指柴门待月还。

（4）捣练子　　廿七字　　单调

平仄仄，仄平平△。仄仄平平仄仄平△。仄仄平平平仄仄，平平仄仄仄平平△。

捣练子

〔南唐〕李煜

深院静，小庭空。断续寒砧断续风。无奈夜长人不寐，数声和月到帘栊。

（5）忆王孙　　卅一字　　单调

平平仄仄仄平平，仄仄平平仄仄平△。仄仄平平仄仄平△。仄平平△。仄仄平平仄仄平△。

忆王孙

〔宋〕李重元

萋萋芳草忆王孙，柳外楼高空断魂。杜宇声声不忍闻。欲黄昏，雨打梨花深闭门。

（6）调笑令　　卅二字　　单调

平仄，平仄（叠句），仄仄平平仄△。平平仄仄平平，仄仄平平仄平△。平仄（颠倒前句末二字），平仄（叠句），仄仄平平仄△。

（共用三个韵，两头两个仄韵，中间一个平韵）

调笑令

[唐]戴叔伦

边草,边草,边草尽来兵老。山南山北雪晴,千里万里月明。明月,明月,胡笳一声愁绝。

调笑令

[唐]韦应物

胡马,胡马,远放燕支山下。跑沙跑雪独嘶,东望西望路迷。迷路,迷路,边草无穷日暮。

调笑令

宫调

[唐]王建

团扇,团扇,美人病来遮面。玉颜憔悴三年,无复商量管弦。弦管,弦管,春草昭阳路断。

(《调笑令》平仄与韵例都比较复杂,所以共举三个例子)

(7)如梦令　　卅三字　　单调

⊘仄⊘平平仄,⊘仄⊘平平仄。⊘仄仄平平,⊘仄⊘平平仄。平仄,平仄(叠句),⊘仄⊘平平仄。

如梦令

[宋]秦观

遥夜月明如水，风紧驿亭深闭。梦破鼠窥灯，霜送晓寒侵被。无寐！无寐！门外马嘶人起。

(8)长相思　　卅六字　　双调

‖仄⊕平，仄⊕平(叠后二字)，⊕仄平平⊕仄平。⊕平⊕仄平。‖

(前后阕全同。末句不能犯孤平。凡前后阕全同者加‖号为记，下仿此)

长相思

[唐]白居易

汴水流，泗水流，流到瓜洲古渡头。吴山点点愁。思悠悠，恨悠悠，恨到归时方始休。月明人倚楼。

(9)生查子　　四十字　　双调

‖⊕平⊕仄平，⊕仄平平仄。⊕仄仄平平，⊕仄平平仄。‖

(第一句不能犯孤平)

生查子

元夕

[宋]欧阳修(?)

去年元夜时，花市灯如昼。月上柳梢头，人约黄昏后。今年元夜时,月与灯依旧。不见去年人,泪湿春衫袖!

(10)点绛唇　　四十一字　　双调

仄仄平平,平仄仄平平仄。仄平平仄。仄仄平平仄。仄仄
平平,仄仄平平仄。平平仄。仄平平仄。仄仄平平仄。

点绛唇

［宋]李清照

　　蹴罢秋千,起来慵整纤纤手。露浓花瘦。薄汗轻衣透。见
客人来,袜刬金钗溜。和羞走。倚门回首。却把青梅嗅。

(11)浣溪沙　　四十二字　　双调

(参看第 136—137 页)

(12)菩萨蛮　　四十四字　　双调

(参看第 138—139 页)

(13)诉衷情　　四十四字　　双调

平平仄仄仄平平。仄仄仄平平。平平仄仄仄仄,仄仄仄平平。
平仄仄,仄平平,仄平平。仄平平仄,仄仄平平,仄仄平平。

诉衷情

［宋]陆游

　　当年万里觅封侯,匹马戍梁州。关河梦断何处?尘暗旧貂

衰! 　　胡未灭,鬓先秋,泪空流。此生谁料,心在天山,身老沧洲!

(14)采桑子(丑奴儿)　　四十四字　　双调

(参看第 139—140 页)

(注意:前后阕第二三两句不一定要叠句)

(15)卜算子　　四十四字　　双调

(参看第 141—142 页)

(16)减字木兰花　　四十四字　　双调

(参看第 143—144 页)

(17)忆秦娥　　四十六字　　双调

(参看第 145—146 页)

(18)清平乐　　四十六字　　双调

(参看第 147—148 页)

(19)摊破浣溪沙　　四十八字　　双调

㊣仄平平㊣仄平,㊧平㊣仄仄平平。㊣仄㊧平平仄仄,仄平平。　　㊣仄㊧平平仄仄,㊧平㊣仄仄平平。㊣仄㊧平平仄仄,仄平平。

(前后阕基本上相同,只是前阕首句平脚押韵,后阕首句仄

脚不押韵。这是把四十二字的《浣溪沙》前后阕末句扩展成为两句，所以叫《摊破浣溪沙》)

摊破浣溪沙

[南唐]李璟

菡萏香销翠叶残，西风愁起绿波间。还与韶光共憔悴，不堪看。　　细雨梦回鸡塞远，小楼吹彻玉笙寒。多少泪珠何限恨！倚阑干。

("还与韶光共憔悴"用的是拗句仄仄平平仄平仄，但一般都用仄仄平平平仄仄)

(20)桃源忆故人　　四十八字　　双调

‖ ⊕平⊗仄平平仄，⊗仄⊗平平仄。⊗仄⊗平平仄，⊗仄平平
仄。‖

桃源忆故人

题华山图

[宋]陆游

中原当日三川震，关辅回头煨烬。泪尽两河征镇，日望中兴运。秋风霜满青青鬓，老却新丰英俊。云外华山千仞，依旧无人问！

(21)太常引(太清引)　　四十九字　　双调

⊕平⊗仄仄平平，⊗仄仄平平。⊗仄仄平平。⊗⊗仄、平平仄

平。   ㊀平㊀仄，㊀平㊀仄，㊀仄仄平平。㊀仄仄平平。㊀㊀仄、平平仄平。

（前后阕基本上相同。前阕首句在后阕拆成两句，并把平脚变为仄脚）

太常引

[宋] 辛弃疾

一轮秋影转金波，飞镜又重磨。把酒问姮娥。被白发、欺人奈何！   乘风好去，长空万里，直下看山河。斫去桂婆娑。人道是、清光更多。

（"被白发"和"人道是"后面有小停顿）

(22) 西江月   五十字   双调

（参看第 149—150 页）

(23) 醉花阴   五十二字   双调

‖ ㊀仄㊀平平仄仄，㊀仄平平仄。㊀仄仄平平，㊀仄平平，㊀仄平平仄。‖

醉花阴（重九）

[宋] 李清照

薄雾浓云愁永昼，瑞脑销金兽。佳节又重阳，玉枕纱厨，半夜凉初透。   东篱把酒黄昏后，有暗香盈袖。莫道不消魂，帘卷西风，人比黄花瘦。

（"有暗香盈袖"，句法上一下四；但也可以作上二下三，如前阕的"瑞脑销金兽"）

(24)浪淘沙　　五十四字　　双调
（参看第150—151页）

(25)鹧鸪天　　五十五字　　双调

⊗仄平平⊗仄平，⊕平⊗仄仄平平。⊕平⊗仄平平仄，⊗仄平平⊗仄平。　　平仄仄，仄平平。⊕平⊗仄仄平平。⊕平⊗仄平平仄，⊗仄平平⊗仄平。

（这词很像两首七绝。前阕完全是七绝形式；后阕只是把首句拆成两个三字句）

鹧鸪天
[宋]赵鼎

客路那知岁序移？忽惊春到小桃枝。天涯海角悲凉地，记得当年全盛时。　　花弄影，月流辉。水精宫殿五云飞。分明一觉华胥梦，回首东风泪满衣。

(26)鹊桥仙　　五十六字　　双调

‖⊕平⊗仄，⊕平⊗仄，⊗仄⊕平⊗仄。⊕平⊗仄仄平平，仄⊗仄、平平⊗仄。‖

鹊桥仙

[宋]秦观

纤云弄巧，飞星传恨，银汉迢迢暗度。金风玉露一相逢，便胜却、人间无数。　　柔情似水，佳期如梦，忍顾鹊桥归路？两情若是久长时，又岂在、朝朝暮暮？

（"便胜却"和"又岂在"后面有小停顿）

(27)玉楼春　　五十六字　　双调

‖ ⊕平⊗仄平平仄，⊗仄⊕平平仄仄。⊕平⊗仄仄平平，⊗仄
⊕平平仄仄。‖

（这等于两首不粘的仄韵七绝）

玉楼春

[宋]辛弃疾

三三两两谁家女？听取鸣禽枝上语：提壶沽酒已多时，婆饼焦时须早去。　　醉中忘却来时路，借问行人家住处。只寻古庙那边行，更过溪南乌桕树。

(28)虞美人　　五十六字　　双调

‖ ⊕平⊗仄平平仄，⊗仄平平仄。⊕平⊗仄仄平平，⊗仄⊕平
⊗仄仄平平。‖

（共用四个韵。末句是上六下三或上二下七）

虞美人

[南唐]李煜

　　春花秋月何时了？往事知多少！小楼昨夜又东风，故国不堪回首月明中。　　雕阑玉砌应犹在，只是朱颜改。问君能有几多愁？恰似一江春水向东流！

(29)南乡子　　五十六字　　双调

‖（仄）仄仄平平，（仄）仄平平仄仄平。（仄）仄⊕平平仄仄，平平。_△（仄）仄平平仄仄平。‖_△

南乡子

[宋]辛弃疾

　　何处望神州？满眼风光北固楼。千古兴亡多少事？悠悠。不尽长江滚滚流。　　年少万兜鍪，坐断东南战未休。天下英雄谁敌手？曹刘！生子当如孙仲谋。

(30)踏莎行　　五十八字　　双调

‖（仄）仄平平，（平）平（仄）仄，（平）平（仄）仄平平仄。_△（平）平（仄）仄仄平平，（平）平（仄）仄平平仄。‖_△

踏莎行

[宋]姜夔

　　燕燕轻盈，莺莺娇软，分明又向华胥见。夜长争得薄情知？

春初早被相思染。　　别后书辞，别时针线，离魂暗逐郎行远。淮南皓月冷千山，冥冥归去无人管。

(31)临江仙　　六十字　　双调

‖仄仄平平平仄仄，平平仄仄平平。平平仄仄仄平平。平平
平仄仄，仄仄仄平平。‖

临江仙

［宋］秦观

千里潇湘挼蓝浦，兰桡昔日曾经。月高风定露华清。微波
澄不动，冷浸一天星。　　独倚危楼情悄悄，遥闻妃瑟泠泠。新
声含尽古今情。曲终人不见，江上数峰青。

（"千里潇湘挼蓝浦"用仄仄平平仄平仄是拗句，但一般都用
仄仄平平平仄仄）

(32)蝶恋花(鹊踏枝)　　六十字　　双调

（参看第 152—153 页）

(33)破阵子　　六十二字　　双调

‖仄仄平平平仄，平平仄仄平平。仄仄平平平仄仄，仄仄平平
仄仄平。仄平平仄平。‖

破阵子

为陈同甫赋壮词以寄

[宋]辛弃疾

醉里挑灯看剑,梦回吹角连营。八百里分麾下炙,五十弦翻塞外声。沙场秋点兵。　　马作的卢飞快,弓如霹雳弦惊。了却君王天下事,赢得生前身后名。可怜白发生!

(34)渔家傲　　六十二字　　双调

(参看第154—155页)

(35)谢池春(卖花声)　　六十六字　　双调

仄仄平平,仄仄仄平平仄。仄平平,平平仄仄。平平平仄,仄平平平仄(上三下二)。仄平平、仄平平仄。　　平平仄仄,仄仄仄平平仄。仄平平,平平仄仄。平平平仄,仄仄平平平仄(上三下二)。仄平平、仄平平仄。

(前后阕基本上相同,只有前阕首句与后阕首句稍异。此调平仄较严)

谢池春

[宋]陆游

壮岁从戎,曾是气吞残虏。阵云高,狼烟夜举。朱颜青鬓,拥雕戈西戍。笑儒冠、自来多误。　　功名梦断,却泛扁舟吴楚。漫悲歌,伤怀吊古。烟波无际,望秦关何处?叹流年、又成虚度。

（"笑儒冠"与"叹流年"后面有小停顿）

(36) 青玉案　　六十七字　　双调

○平○仄平平仄_△，仄○仄平平仄（上三下三）_△。○仄○平平仄仄_△。○平平仄_△，○平平仄_△，○仄平平仄_△。　　○平○仄平平仄_△，○仄○平仄平仄_△。○仄○平平仄仄_△。○平平仄_△，○平平仄_△，○仄平平仄_△。

青玉案

春暮

［宋］贺铸

凌波不过横塘路，但目送芳尘去。锦瑟年华谁与度？月楼花院，绮窗朱户，惟有春知处。　　碧云冉冉蘅皋暮，彩笔空题断肠句。试问闲愁知几许？一川烟草，满城风絮，梅子黄时雨。

（"彩笔空题断肠句"是拗句，宋人一般都用○仄平平仄平仄，不用○仄○平平仄仄）

(37) 江城子　　七十字　　双调

‖○平○仄仄平平_△。仄平平_△，仄平平_△。○仄平平，仄仄仄平平_△。○仄○平平仄仄，平仄仄，仄平平_△。‖

（本是单调三十五字，宋人改为双调）

江城子

密州出猎

[宋]苏轼

老夫聊发少年狂,左牵黄,右擎苍。锦帽貂裘,千骑卷平岗。为报倾城随太守,亲射虎,看孙郎。　　酒酣胸胆尚开张,鬓微霜,又何妨?持节云中,何日遣冯唐?会挽雕弓如满月,西北望,射天狼。

(38)满江红　　九十三字　　双调

(参看第 157—158 页)

(39)水调歌头　　九十五字　　双调

(参看第 159—160 页)

(40)念奴娇(百字令)　　一百字　　双调

(参看第 164—166 页)

(41)桂枝香　　一百零一字　　双调

平平仄仄。仄仄仄⊕平(上一下四),⊗⊕平仄。⊗仄平平⊗仄,仄平平仄。⊕平⊗仄平平仄,仄平平、⊗平平仄。仄平平仄,⊗平⊕仄,仄平平仄。　　仄⊗仄平平仄仄(上三下四)。仄⊗仄平平(上一下四),⊗平平仄。⊗仄平平⊗仄,仄平平仄。⊕平⊗仄平平仄,仄平平、⊗⊕平仄。仄平平仄,⊗平平仄,仄平平仄。

桂枝香

金陵怀古

[宋]王安石

　　登临送目。正故国晚秋,天气初肃。千里澄江似练,翠峰如簇。归帆去棹残阳里,背西风、酒旗斜矗。彩舟云淡,星河鹭起,画图难足。　　念自昔豪华竞逐。叹门外楼头,悲恨相续。千古凭高对此,谩嗟荣辱。六朝旧事随流水,但寒烟、衰草凝绿。至今商女,时时犹唱,《后庭》遗曲。

　　("背西风"和"但寒烟"后面有小停顿。)

(42)水龙吟　　一百零二字　　双调

　　㊞平㊞仄平平,㊞平㊞仄平平仄。㊞平仄仄,㊞平仄仄,㊞平㊞仄。㊞仄平平,㊞平㊞仄,㊞平㊞仄。仄㊞平㊞仄(上一下四),㊞平㊞仄,平平仄,平平仄。　　㊞仄平平㊞仄。仄平平、㊞平平仄。㊞平㊞仄,㊞平㊞仄,㊞平㊞仄。㊞仄平平,㊞平㊞仄,㊞平平仄。仄平平、仄仄平平仄仄,仄平平仄。

　　(后阕最后十三字也可以改成十二字,成为:仄平平、仄仄平平仄,仄平平仄。这样,全词共是一百零一字)

水龙吟

寿韩南涧

[宋]辛弃疾

　　渡江天马南来,几人真是经纶手?长安父老,新亭风景,可怜依旧。夷甫诸人，神州沉陆，几曾回首。算平戎万里，功名本是，真儒事，君知否？　况有文章山斗。对桐阴、满庭清昼。当年堕地，而今试看，风云奔走。绿野风烟，平泉草木，东山歌酒。待他年、整顿乾坤事了，为先生寿。

（“对桐阴”“待他年”后面有小停顿）

(43)石州慢　　一百零二字　　双调

⊙仄平平，⊙平平仄（或平仄仄平），仄平平仄。平平⊙仄平平，仄仄⊙平平仄。⊙平⊙仄，⊙⊙⊙仄平平，平平⊙仄平平仄。仄仄仄平平，仄平平平仄（上一下四或上三下二）。　　平仄。⊙平平仄，⊙仄平平，⊙平平仄。⊙仄平平，仄仄⊙平平仄。⊙平⊙仄，⊙⊙⊙仄平平，⊙平⊙仄平平仄。仄仄仄平平，仄平平平仄（上一下四或上三下二）。

（此调常用入声韵）

石州慢

己酉秋，吴兴舟中

［宋］张元幹

雨急云飞，瞥然惊散，暮天凉月。谁家疏柳低迷，几点流萤明灭。夜帆风驶，满湖烟水苍茫，菰蒲零乱秋声咽。梦断酒醒时，倚危樯清绝。　　心折。长庚光怒，群盗纵横，逆胡猖獗。欲挽天河，一洗中原膏血。两宫何处？塞垣只隔长江，唾壶空击悲歌缺。万里想龙沙，泣孤臣吴越。

（44）雨霖铃　　一百零三字　　双调

平平平仄,仄平平仄、仄⊙平仄。平平仄仄平仄,平平仄仄、
平平平仄。仄仄平平、仄仄仄平平仄。仄仄仄、平平平,
仄平平仄平仄。　　平平仄仄平仄。仄平平、仄平仄仄。
⊙平仄仄平仄,平仄仄,仄平平仄。仄仄平平,仄仄平平平仄
仄。仄仄仄、⊙仄平平,仄仄平平仄。

（此调多用拗句,而且常用入声韵）

雨霖铃

［宋］柳永

寒蝉凄切,对长亭晚、骤雨初歇。都门帐饮无绪,方留恋处、
兰舟催发。执手相看、泪眼竟无语凝噎。念去去、千里烟波,暮
霭沉沉楚天阔。　　多情自古伤离别。更那堪、冷落清秋节。
今宵酒醒何处,杨柳岸、晓风残月。此去经年,应是良辰好景虚
设。便纵有、千种风情,更与何人说?

（45）永遇乐　　一百零四字　　双调

⊙仄平平,⊙平⊙仄,⊙⊙平仄。仄仄平平,⊙平⊙仄,⊙仄平
平仄。⊙平⊙仄,⊙平⊙仄,仄仄仄平平仄。仄平⊙,平平⊙仄,
⊙仄⊙平仄。　　⊙平⊙仄,⊙平平仄,仄仄⊙平仄。仄仄平平,
⊙平⊙仄,⊙仄平平仄。⊙平⊙仄,⊙平⊙仄,仄仄⊙平⊙仄。⊙平
仄、平平仄仄,仄平仄仄。

永遇乐

京口北固亭怀古

[宋]辛弃疾

千古江山，英雄无觅，孙仲谋处。舞榭歌台，风流总被，雨打风吹去。斜阳草树，寻常巷陌，人道寄奴曾住。想当年，金戈铁马，气吞万里如虎。　　元嘉草草，封狼居胥，赢得仓皇北顾。四十三年，望中犹记，烽火扬州路。可堪回首，佛狸祠下，一片神鸦社鼓。凭谁问：廉颇老矣，尚能饭否？

(46) 望海潮　　一百零七字　　双调

⊗平平仄，⊗平平仄，⊕平⊗仄平平。平仄仄平，平平仄仄，⊕平⊗仄平平。⊗仄仄平平。仄⊕平仄仄（上一下四），⊗仄仄平平。⊗仄平平，⊕平⊗仄仄平平。　　平平仄仄平平。仄⊕平⊗仄（上一下四），⊗仄仄平平。平仄仄平，平平仄仄，⊕平⊗仄平平。⊗仄仄平平。仄⊕平仄仄（上一下四），⊗仄仄平平。⊗仄平平，⊕平⊗仄仄平平。

（最后两句可换成仄仄平平仄仄，⊗仄仄平平）

望海潮

洛阳怀古

[宋]秦观

梅英疏淡，冰澌溶泄，东风暗换年华。金谷俊游，铜驼巷陌，

新晴细履平沙。长记误随车。正絮翻蝶舞，芳思交加。柳下桃
蹊，乱分春色到人家。　　西园夜饮鸣笳。有华灯碍月，飞盖妨
花。兰苑未空，行人渐老，重来是事堪嗟。烟暝酒旗斜。但倚楼
极目，时见栖鸦。无奈归心，暗随流水到天涯。

(47)沁园春　　一百十四字　　双调

（参看第 169—173 页）

(48)贺新郎（金缕曲）　　一百十六字　　双调

仄仄平平仄。仄平平、平平仄仄，仄平平仄。仄仄平平平仄
仄，仄仄平平仄仄。仄仄仄、平平仄仄。仄仄平平平仄仄，仄平
平、仄仄平平仄。平仄仄，仄平仄仄。　　平平仄仄平平仄。仄平
平、平平仄仄，仄平平仄。仄仄平平平仄仄，仄仄平平仄仄。仄仄
仄、平平平仄。仄仄平平平仄仄，仄平平、仄仄平平仄。平仄仄，
仄平仄。

贺新郎

送陈真州子华

［宋］刘克庄

　　北望神州路。试平章、这场公事，怎生分付。记得太行山百
万，曾入宗爷驾驭。今把作、握蛇骑虎。君去京东豪杰喜，想投
戈、下拜真吾父。谈笑里，定齐鲁。　　两河萧瑟惟狐兔。问当
年、祖生去后，有人来否？多少新亭挥泪客，谁梦中原块土？算

事业、须由人做。应笑书生心胆怯,向车中、闭置如新妇。空目
送,塞鸿去!

("试平章""今把作""想投戈""问当年""算事业""向车中"
后面都有小停顿)

(49) 摸鱼儿　　一百十六字　　双调

仄平平、仄平平仄,⊕平平仄平仄。⊕平⊗仄平平仄,⊗仄仄
平平仄。平仄仄。⊗仄仄、平平⊗仄平平仄。平平仄仄。仄⊗仄
平平(上一下四),⊕平⊗仄,⊗仄仄平仄。　　平平仄,⊗仄平平
仄仄。⊕平平仄平仄。平平⊗仄平平仄,⊗仄仄平平仄。平
仄。平仄仄、平平⊗仄平平仄。平平仄仄。仄⊗仄平平(上一下
四),⊕平⊗仄,⊗仄仄平仄。

摸鱼儿

[宋]辛弃疾

更能消、几番风雨?匆匆春又归去。惜春长怕花开早,何况
落红无数!春且住!见说道、天涯芳草无归路。怨春不语。算
只有殷勤,画檐蛛网,尽日惹飞絮。　　长门事,准拟佳期又误。
蛾眉曾有人妒。千金纵买相如赋,脉脉此情谁诉?君莫舞!君
不见、玉环飞燕皆尘土。闲愁最苦。休去倚危栏,斜阳正在,烟
柳断肠处!

("休去倚危栏"是上二下三,但一般都作上一下四,辛弃疾
另有两首也是上一下四)

(50)六州歌头　　一百四十三字　　双调

平平⊛仄,⊛仄仄平平。平⊛仄,平平仄,仄平平。仄平平。
⊛仄平平仄,⊛平仄,平平仄。⊛⊛仄,平⊛仄,仄平平。仄⊛⊛
平,仄仄平平仄,⊛仄平平。仄⊛平⊛仄(上一下四),⊛仄仄平
平。⊛仄平平。仄平平。　　　仄平平仄(上一下三),⊛平仄,平
⊛仄,仄平平。平⊛仄,平平仄,仄平平。仄平平。⊛仄平平仄,
⊛⊛仄,仄平平。平⊛仄,⊛⊛仄,仄平平。平仄⊛平⊛仄,⊛平仄、
⊛仄平平。仄⊛平⊛仄(上一下四),⊛仄仄平平。仄仄平平。

六州歌头

[宋]张孝祥

　　长淮望断,关塞莽然平。征尘暗,霜风劲,悄边声。黯销凝。
追想当年事,殆天数,非人力;洙泗上,弦歌地,亦膻腥。隔水毡
乡,落日牛羊下,区脱纵横。看名王宵猎,骑火一川明。笳鼓悲
鸣。遣人惊。　　　念腰间箭,匣中剑,空埃蠹,竟何成!时易失,
心徒壮,岁将零。渺神京。干羽方怀远,静烽燧,且休兵。冠盖
使,纷驰骛,若为情?闻道中原遗老,常南望、翠葆霓旌。使行人
到此,忠愤气填膺。有泪如倾。

　　("常南望"后面有小停顿)

中华书局

初版责编　陈　虎